너, 너!
거기 서!

왜 이렇게 된 걸까?
그런 생각을 하며,
리오는 계속 걸었다.
그 때, 바로 근처에서
어린 소녀가 소리치며 리오에게 말을 걸었다.

제게는 세리아 선생님이 있으니까요.

어, 아, 그⋯⋯

세리아가 갑자기 부끄러워졌는지,
새빨개진 얼굴을 폭 숙였다.

커버 및 본문 일러스트_ Riv

CONTENTS

✳

❙❘ 프롤로그 ❘❙ ❖

지구가 아닌 머나먼 세계에서.

소년은 알고 있다.
썩을 대로 썩은 이 세상에 구원은 없다.
강한 자는 착취하고, 약한 자는 착취당한다.
그것이 이 세계의 부조리한 규칙임을.
음식 찌꺼기를 헤집고 구걸하며 폭력에 휘둘리고 범죄를 돕는 나날.
노예처럼 혹사당한 소년의 정신은 닳을 대로 닳았다.
그런데도 소년은 갈망하지 않을 수 없었다. 살고 싶다. 살아남아서 죽여야 하는 남자가 있다. 그 남자를 죽일 수만 있다면 흙탕물이라도 마시겠다.
그런 바람에 매달려―.

어두운 오두막 안.
창문으로 들어온 아침 햇살이 실내를 희미하게 밝혔다.
오두막 안에 녹슨 쇠 같은 냄새가 가득했다.
사체가 뒹굴고 피에 젖은 바닥, 방구석에 자루 하나가 놓여 있었다.
딱, 작은 아이가 들어갈 만한―.

"으─읍! 읍, 읍읍─!"

꾸물꾸물 움직이는 자루 속에서 우물거리는 소리가 들렸다.

두근거림이 가라앉지 않았다.

소년은 몸을 떨며 가만히 숨을 죽이고 자루로 다가가 조심조심 매듭을 풀었다.

스르륵 소리를 내며 자루 입구가 열렸다. 그 속에는 신관복과 비슷한 아름다운 드레스를 입은, 실로 사랑스러운 여자아이가 들어있었다.

살짝 구불거리는 연보라색 머리카락에 보라색 눈을 가진 어린 소녀.

─아아, 역시.

소년은 알고 있었다.

이런 세계에─.

구원은 없다고.

【 제 1 장 】 ❖ 전생

장소는 일본. 이미 몇 년도 더 된 오래전 일이다.

눈부시게 내리쬐는 여름 햇볕에 아스팔트가 지글지글 끓던 날.

어느 주택가에서 소년과 소녀가 슬픈 이별을 맞이했다.

"하루, 가지 마!"

이삿짐 트럭 옆에서 한 소녀가 울며 소년에게 매달렸다. 그녀의 이름은 아야세 미하루. 이때는 아직 일곱 살 소녀였다.

"미이, 울지 마. 다시 꼭 만날 거야. 응?"

울음을 그치지 못하는 소녀에게 끌어안긴 소년이 굳세게 말했다.

소년의 이름은 아마카와 하루토. 그도 당시에는 아직 일곱 살 어린 아이였다.

지금부터 하루토는 아버지와 둘이서 먼 시골로 가야 했다.

미하루와 또 언제 만날 수 있을지는 불분명했다. 당분간 이곳에 돌아올 예정은 없었으니까.

하루토의 부모님은 이혼했다. 어머니와 여동생은 이 마을에 남는 모양이지만, 함께 살았던 임대 맨션은 이미 정리가 끝났다.

하루토의 아버지와 미하루의 부모님이 먼 곳에서 두 사

람을 안타깝게 바라보았다.

"싫어, 가지 마. 하루!"

미하루가 울며 가지 말라고 간청하자 하루토도 갑자기 울고 싶어졌다. 하지만 울어서는 안 됐다. 미하루에게는 절대로 약한 모습을 보여주고 싶지 않으니까.

그래서 "괜찮아"라든가, "또 만날 거야"라고 아무 근거도 없이 필사적으로 센 척하며 미하루의 울음을 그치게 하려고 했다. 사실은 분하고 허망해 자기도 울부짖고 싶었으면서.

하루토는 미하루를 좋아했다. 미하루도 하루토를 좋아했다.

두 사람의 만남은 운명일까, 우연일까. 서로의 부모님이 어느 신축 임대 맨션으로 이사하고, 우연히 이웃 주민이 되고, 우연히 같은 해 봄에 태어난 아이가 있었던 덕분에, 어쩌다가 가족끼리 친해진 것이 계기였다.

봄에 태어났으니까 하루토, 봄에 태어났으니까 미하루. 하루토의 부모님은 맞벌이여서 하루토는 미하루의 집에 맡겨지는 일이 많았다.

그런 두 사람은 아기였을 때부터 계속 함께 자랐다. 두 사람의 관계를 표현하자면 『소꿉친구』라는 말이 어울렸다.

철이 들면서 두 사람이 끌린 것은 필연이었을지도 모른다.

당시에는 연애나 사랑이라는 말의 의미를 몰랐지만, 두 사람에게 서로는 정말로 특별한 존재였다. 좋아진 이유든 계기든, 그런 게 존재하든 안 하든 상관없었다.

그저 상대방이 너무나 좋았으니까, 흠뻑 빠졌으니까.

"하루, 하루. 같이 있어."

어떻게든 미하루의 눈물을 멈추게 하고 싶다. 미하루가 슬프면 자기도 슬프니까.

하지만 그치지 않고 엉엉 울며 매달리는 미하루를 어떻게 해야 할지 모르겠다.

무력한 지금의 자신이 대체 무엇을 할 수 있을까. 첫사랑인 소꿉친구와의 이별조차 막을 수 없는 자신이—. 하루토는 주먹을 꽉 쥐었다.

하루토는 미하루와 함께 있을 수만 있다면 행복했다.

그러나 지금의 하루토는 그 행복을 이룰 수 없었다. 아직 어린 애니까.

그럼 언젠가 그 행복을 이루어 보이자. 미하루와 계속 함께하고, 계속 미하루의 옆에서 걷고 싶다. 그러니까 그 마음을 전하자. 그것이 지금 자신이 할 수 있는 유일한 일이었다.

"내가 어른이 되면 데리러 올게! 그러니까, 그러니까 그때가 되면 결혼하자!"

하루토가 있는 힘껏 용기를 쥐어짜 미하루에게 일생일대의 고백을 했다.

"계속 함께 있고, 계속 곁에 있으면서, 죽어도 미이를 지킬 거야!"

하루토가 외쳤다. 두근, 두근, 거센 심장 박동 소리가 들렸다.

"……그러면, 안 돼?"

하루토가 떨리는 목소리로 물었다.

어느새 울음을 그친 미하루가 하루토의 얼굴을 멍하니 올려다봤다.

"할래. 할래. 하루랑 결혼할래!"

조금 지나 대담한 미하루가 눈이 부실 정도로 가련한 미소를 지었다.

하루토는 그 미소가 기뻐서, 반드시 이 약속을 이루겠다고 생각했다.

얼마나 세월이 흘러도 상관없다. 지키자. 이 미소를 지키자. 하루토는 맹세했다. 헤어지기 전, 살짝 키스하고 하루토는 미하루와 헤어졌다.

그것은 아무 구속력도 없는 어린 날의 아련하고 덧없는 약속이었다.

앞으로 미래가 어떻게 될지 전혀 몰랐던 시절의 약속—.

그 약속은 하루토의 가슴 깊은 곳에 새겨졌고, 그의 인생을 우직할 정도로 크게 지탱했다.

어린 하루토는 미하루와의 재회를 꿈꾸며 오직 앞을 향해 노력하기로 했다. 미하루와 만나고 싶다. 미하루를 만나기 위해 멈출 수 없다. 무엇이든 좋으니 노력하고 성장하면 할수록 재회의 순간이 빨라진다고, 그렇게 믿으며.

그래서 하루토는 열심히 공부에 매진하며 집안일과 농업을 도왔다. 정신을 단련하라며 요즘 세상에는 보기 어려운 엄격한 할아버지에게 옛 무술을 배웠다.

그 덕분인지 하루토는 올곧고 성실한 사람으로 성장했다.

흔들리지 않는 노력을 계속하는 하루토의 마음이 닿았는지, 하루토는 예전에 미하루와 같이 살았던 동네에 있는 유명한 인문계 학교에 입학하는 것을 아버지에게 허락받았다.

그 결과, 하루토는 입학할 예정인 고등학교에서 미하루와 충격적인 재회를 하게 됐다. 운명의 장난인가, 단순한 우연인가. 미하루도 하루토와 같은 고등학교로 진학했다. 반은 달랐지만, 반 배분 명단에서 미하루의 이름을 봤을 때는 너무 놀라서 자기도 모르게 굳어버렸다.

그리고 성장한 미하루가 교복을 입은 모습을 봤을 때는 시선을 빼앗겨 굳었다. 커졌다고 착각할 리 없었다. 멀리에서 본 것이지만, 무척 친했고 소중한 사람이었으니까.

등까지 기른 아름다운 검은 머리카락, 단정한 눈과 코, 눈을 덮은 것 같은 하얀 피부, 자그마하지만 균형 잡힌 몸. 왠지 소극적으로 보이긴 하지만, 보는 사람을 끌어들이는 단아하고 청초한 분위기를 가졌다.

미하루는 그야말로 그림으로 그린듯한 미소녀로 성장했다.

하루토는 첫사랑인 소꿉친구와 재회한 운명에 환희했고, 심장이 두근거리는 것을 확실하게 느꼈다. 그러나 동시에 강한 충격을 받았다.

미하루의 옆에는 하루토가 모르는 소년이 있었다.

자기가 모르는 소년과 사이좋게 대화하는 미하루를 보자, 하루토는 왠지 모르게 주눅이 들어 입학식 날에 미하루에게 말을 걸지 못했다.

그날, 하루토는 집으로 돌아와 고민했다.

미하루와 재회하면 무조건 약속이 이루어질 거라고, 그래야만 한다고 생각한 건 아니었다.

다만, 하루토에게는 미하루와의 추억이 특별했고, 미하루와의 약속이 있었기에 지금까지 헤매지 않고 앞을 향해 똑바로 걸을 수 있었다.

그래서 미하루가 하루토와의 약속을 깨끗이 잊었다고, 이제 있을 곳이 사라졌다고 생각하니 길을 잃어버린 것 같은 착각에 빠지고 말았다.

더는 옛날 같은 사이로 돌아갈 수 없을지도 모른다. 미하루에게 달리 좋아하는 사람이 있을지도 모른다. 멋대로 꿈을 꾼 자신이 바보일지도 모른다.

하지만, 그래도, 하루토는 미하루와 만나고 싶었다.

내일은 꼭 용기를 내기로 했다.

그런데—.

미하루가 하루토의 앞에서 모습을 감췄다.

입학식 다음 날부터 결석하더니 갑자기 실종된 것처럼 퇴학했다.

그 밖에도 미하루처럼 퇴학한 학생들이 있어서 교내가 약간 소란스러웠지만, 학교는 개인 정보 보호를 내세워 자세한 설명은 하지 않았다.

당시 고등학생에 지나지 않았던 하루토는 별다른 일도 하지 못하고 아무 단서도 얻지 못한 채 시간만 흘렀고— 자기 자신을 탓하기 시작했다.

왜 입학식 때 미하루에게 말을 걸지 않았느냐고.

어느 날, 어느 때, 미하루에게 말을 걸었더라면 지금과 미래가 달랐을지도 모른다. 가정이긴 하지만, 그렇게 생각하지 않을 수 없었다.

미련만이 남아 미하루를 향한 하루토의 마음이 뒤틀리며 강해졌다.

포기할 수 없어. 포기하고 싶지 않아. 말로 뱉지 못한 비통한 외침이 몸속에 메아리쳤다.

이성에게 몇 번 고백 받았지만, 미하루 이외의 여자와 그런 관계를 맺는 미래를 상상하면 이루 말할 수 없는 죄책감과 기피감이 밀려왔다.

그렇다고 미하루를 찾기 위해 무언가 할 수 있는 것도 아니어서—

하루토는 걷던 길을 잃고 조금씩 무기력해졌다.

◇ ◇ ◇

그리고 미하루가 사라진 날로부터 4년 이상의 시간이 흘렀다.

현재 하루토는 스무 살 성인이 되었고, 도내에 있는 대학교 2학년이 됐다.

그러나 하루토의 시계는 멈춘 채였다. 대학을 다니고 있지만, 공부에 별반 관심이 없었고 하고 싶은 것도 없이 조금 멋을 낸 카페에서 아르바이트를 했다.

아침이 되면 눈을 떠 대학에 가고 아르바이트를 한 뒤 귀가하는— 변함없는 나날을 습관처럼 보냈다.

옆에서 보면 평범한 대학 생활일지도 모르지만, 그저 그것뿐인 나날. 정처 없이 헤매는 이 세상은 오늘도 변함없고, 그저 시간만 흘러갈 뿐—이어야 했다.

계절은 한여름. 미하루와 헤어진 그 여름날처럼 맑고 푸른 하늘에 떠오른 태양이 지면에 깔린 아스팔트 대지를 눈부시게 밝혔다.

하루토는 날씨와는 대조적인 차가운 표정으로 대학 캠퍼스 근처에 있는 정류소에서 버스를 탔다.

한낮이라 그런지 승객 수가 적었다. 드문드문 승객이 타고 내렸지만, 지금 차 안에는 세 명(대학생 하루토, 동아리 활동을 끝내고 귀가하는 것으로 보이는 하루토가 다니는 대학 부속 고등학교 여학생, 초등학생 여자아이)밖에 없었다.

가끔 안내방송이 울리는 것 외에는 엔진 소리만 들리는 정숙한 공간. 하루토는 버스에 흔들리며 흘러가는 풍경을 바라봤다.

'……응?'

하루토는 문득 시선을 느꼈다. 시선이 느껴진 곳에는 초등학생으로 보이는 여자아이가 앉아 있었다.

'저 애는…… 엔도 스즈네, 였나?'

하루토가 아는 얼굴이었다. 예전에 하교 중에 깜빡 조는 바람에 내릴 곳을 지나쳐 어찌할 바를 모르고 차 안에서 울던 소녀를 집까지 데려다 줬던 것이다.

가끔 이렇게 같은 버스를 타면 스즈네의 시선이 느껴져 어쩌다 보니 인상이 남았다.

하루토의 시선을 알아차렸는지 스즈네가 허둥지둥 시선을 피하고 고개를 숙였다.

'내가 뭐라도…… 했나?'

짐작도 가지 않았다.

당연했다. 스즈네와 대화한 것은 그녀를 도와줬을 때뿐이니까. 그때는 집까지 보내주고 어머니께 감사 인사를 들었으니 문제가 있었던 것도 아니었다.

기분 탓인가? —물어볼까 싶었지만, 혹시 하루토가 착각한 거라면 위험한 사람 취급 당할 수도 있었다. 요즘은 어린이도 방범의식이 높다.

'버스 안에서 초등학생 여자애에게 말을 걸다니, 아무리 봐도 수상하잖아?'

그래, 하지 말자. ―왠지 모를 답답함을 느꼈지만, 하루토는 작게 탄식하고 스즈네가 보내는 시선을 의식적으로 신경 끄기로 했다.

"윽!"

그때, 갑자기 버스가 크게 흔들렸다.

떠오르는 부유감, 온몸을 덮치는 강한 충격. 하루토의 몸이 날아가 천장에 세게 부딪쳤다.

"윽…… 으헉……."

온몸이 아프다. 제대로 숨을 쉴 수 없었다.

전신이 뜨거운 물을 뒤집어쓴 것처럼 뜨겁고, 의식이 급속히 몽롱해졌다. 검게 흐려지는 시야에 심하게 찌그러진 버스 내부가 비쳤다.

'사고……인가?'

의식이 무척 흐릿했지만, 왠지 모르게 알 수 있었다.

나는 죽을지도 모른다. 온몸이 아파야 하는데 감각이 사라졌다. 죽음의 발소리가 가까워지는 것을 느꼈다. 하루토는 갑자기 무서워졌다.

"으아…… 커헉, 컥."

남은 힘을 쥐어짜 입을 열려고 했지만, 나온 것은 목소리가 아닌 대량의 피가 섞인 기침이었다.

'미이…….'

마음속으로 미하루의 옛 애칭을 부르려고 했다. 눈물 한 방울이 하루토의 눈에서 흘러나와 피 웅덩이에 떨어졌다. 하루토의 의식이 완전히 끊기려고 했다.

—하루…….…….

아름다운 목소리가 하루토의 머릿속에 울려 퍼졌다.

그 순간, 거대한 기하학 문양으로 그려진 진이 빛을 뿜으며 지면에 떠오르고—.

"다음 뉴스입니다. 오늘 15시 23분, 도쿄도 ○○구 도로에서 버스와 중형 트럭이 충돌하는 교통사고가 발생했습니다. 이 사고로 버스 승객 세 명이 사망, 추돌한 트럭과 버스 운전기사는 중상을 입었지만 기적적으로 생명을 유지했습니다. 사고 원인은 트럭 운전기사의 졸음운전으로 추정—."

K 제 2 장 X ✦ 이세계

    때는 신성력 989년.

    유필리아 대륙 서부 슈트랄 지방, 벨트람 왕국의 왕도 벨트란트.

    그곳의 작은 집에 조용하면서도 오손도손 사는 모자가 있었다. 어머니는 매우 아름답고 사랑스러운 여자였고, 아들도 어머니를 닮았는지 중성적이고 사랑스러운 외모를 가진 소년이었다.

    그것은 화창한 봄볕이 내리쬐던 날의 일이었다.

    "저기, 엄마. 왜 나랑 엄마 머리카락은 검은색이야? 우리만 다른 사람들이랑 색이 달라."

    소년이 적갈색 눈으로 어머니의 얼굴을 들여다보며 물었다.

    두 사람이 사는 왕도에서는 머리카락이 검은 사람을 전혀 찾아볼 수 없었다. 두 사람의 머리카락 색은 근방에서도 희귀했다. 어머니는 약간 난처한 얼굴을 했다.

    "그건 말이지, 리오. 나와 네 아버지가 먼 곳에서 왔기 때문, 일걸?"

    어머니가 조금 뜸을 들인 뒤 대답했다.

    "먼 곳에 사는 사람들은 모두 머리카락이 검어?"

    "응, 그래. 너와 나만 그런 게 아니야. 네 아버지의 머리카락도 검었고, 할아버지랑 할머니 머리카락도 검었어."

리오라 불린 소년이 신기해하며 묻자 어머니가 부드러운 미소를 지으며 설명했다.

리오는 기뻐서 순수한 미소로 대답했다. 이제 막 다섯 살이 된 리오에게는 어머니가 전부였다.

"헤— 나 언젠가 할아버지랑 할머니랑 만나고 싶어."

"……그래. 네가 크면 데려가 줄게. 야구모 지방이야."

어머니가 약간 난처한 미소를 지으며 말했다.

"정말? 약속이다?"

"응, 약속이야."

2년 뒤, 신성력 991년, 초봄.

벨트람 왕국 왕도 벨트란트 슬럼가에 사는 고아 소년이 있었다.

어둡고 쌀쌀하고 조금 지저분한 오두막 구석에, 소년은 도망칠 수 없는 악몽에 시달리듯이 신음하며 바닥에 누워 있었다.

"하아, 하아……."

소년이 붉은 얼굴을 하고 거친 숨을 몰아쉬었다. 몸에 걸친 초라한 넝마가 땀으로 젖었다. 딱 봐도 열에 시달리고 있었다.

초라한 오두막 안에는 여러 사람이 사는 흔적이 있었지만, 소년을 간호하는 사람은 아무도 없었다. 이 소년은 얼마나 이렇게 홀로 잠든 걸까.

소년은 차가운 나무 바닥 위에 얇은 이불 한 장만 두르고 자고 있었다. 이대로 내버려두면 자칫 잘못했다간 죽어도 이상하지 않았다. ─그런데.

갑자기 포근한 부드러운 빛이 소년의 몸을 감싸며 밝아올랐다.

조금 전까지 소년을 괴롭히던 숨 가쁜 열과는 달랐다. 그것은 따뜻하고 자기도 모르게 몸의 긴장을 푸는 기분 좋은 감각이었다.

소년의 안색이 점점 좋아졌다. 이윽고 호흡도 안정됐다. 어찌 된 일인지 소년의 몸을 덮은 열이 가신 모양이었다. 그러자 소년을 감싼 빛도 사라졌다.

"으음……."

잠시 후, 소년이 살짝 눈을 떴다. 누운 상태로 눈을 몇 번 깜빡이고 천천히 주위를 둘러봤지만, 시야에는 어두운 목제 천장만이 비쳤다.

아직 의식이 흐릿해서 제대로 생각할 여유가 없었다. 열은 가셨지만, 조금 전까지 앓았던 탓에 기력과 체력을 회복하지는 못했다.

강한 권태감을 느끼며 소년은 멍하니 천장을 올려다봤다.

간단한 생각은 할 수 있을 정도로 의식이 회복되자 자신이 지금 어떤 상황에 놓였는지 알고 싶어졌다. 아직 조금 나른한 몸을 채찍질해 상체를 일으켰다.

"으……."

감기에 걸린 탓인지 아니면 딱딱한 바닥에서 잔 탓인지 몸 마디마디에 둔탁한 통증이 일어서 소년이 얼굴을 찌푸렸다.

주위를 둘러보니 음산한 방 중앙에 조악한 가구가 놓여 있었다.

'여기는…….'

본 적 있는 방이라고, 소년은 생각했다.

그러나 동시에 형용하기 어려운 위화감이 느껴졌다. 이 방에서 계속 산 것 같은 기시감이 있는데 처음 본 것 같기도 했다.

그럴 리 없는데 마치 두 사람 몫의 인식을 공유하는 것 같은─.

무언가가 뒤바뀌었는데 뭔지 모르겠다. 아니, 그보다는 어딘가 기억이 분명하지 않았다. 소년은 멍하니 방 안을 둘러봤다.

쉰 냄새가 코를 자극했다. 그와 동시에 자신의 몸을 덮은 너덜너덜한 옷이 땀으로 흠뻑 젖었다는 것을 알고 불쾌하게 눈썹을 찌푸렸다.

하지만 덕분에 뇌가 자극을 받아 의식이 각성했다. 소년은 깊이 숨을 쉬고 땅에 등을 대고 털썩 누웠다. 조금 더 누워있고 싶었다.

소년이 손으로 눈을 덮었다. 그 순간, 깜짝 놀라 자기 손을 응시했다. 그 손은 분명 자신의 손이었다. 일곱 살 어린이의 작은 손이었다.

하지만 이상했다. 무언가가 이상했다.

소년은 묘한 두통을 견디며 흐릿한 사고회로로 생각했다.

'어린아이의…… 손? 나는……. 아니, 나는?'

리오— 그것이 소년의 이름이다.

벨트람 왕국의 왕도에 있는 슬럼가에 사는 고아로, **어떤 남자에게 복수하는 것만을 목표로** 오늘까지 흙탕물을 마시며 살아왔다.

그것이 자신이라는, 리오라는 사람일 텐데—.

그런데 왜 또 다른 자신의 기억이 있는 거지? 듣도 보도 못한 문명이 발달한 세계에 살던 사람의 기억이—

단속(斷續)적으로 온갖 기억의 광경이 머릿속에 플래시백했다. 거기에는 일곱 살에 지나지 않는 리오가 무의식중에 만든 망상이라 취급하기 어려운 리얼리티가 있었다.

지금의 자신과 완전히 다른 세계에서 산 아마카와 하루토라는 사람의 인생— 그 기억에 의하면 자신은 어느 대학에 다니는 스무 살 청년이었다. 아니, 아직도 소년— 리오에게 그 인식이 있었다. 그렇다. 마치 조금 전에 일어난 일처럼 느껴졌다.

정체 모를 섬뜩함에 리오는 고개를 세차게 좌우로 저었다.

'내가 대체 무슨 생각을 하는 거야? 아마카와 하루토?'

중복되는 기억 때문에 혼란스러웠다.

리오는 현실 도피하듯이 놀라며 자신의 양손을 봤다.

그것은 포식 시대인 일본에 사는 어린이처럼 곱지 않았다. 영양실조로 바짝 말랐고 버석버석 거칠며 때가 묻어 지저분했다.

당연했다.

고아인 자신의 기억에 의하면 계속 씻지 않았으니까.

'진짜냐⋯⋯.'

지독한 불결함에 리오가 얼굴을 굳혔다.

입은 것은 삼베로 만든 뻣뻣한 넝마뿐, 마지막으로 씻은 게 언제일까. 양말과 신발 같은 고급품이 있을 리 없었다.

그래도 옷을 입고 있다는 것에는 감사해야 하는 걸까. 멋대로 자란 부스스한 머리카락은 손상됐지만, 검은색이라는 것을 알 수 있었다.

"⋯⋯스읍, 하아."

리오는 일단 심호흡을 하며 마음을 진정시키고 자신의 기억과 상황을 정리하기로 했다. 입가에 손을 대고 생각에 잠겼다.

자신은 리오, 그리고 아마카와 하루토라는 대학생이기도 했다. 이 벨트람 왕국에서 산 7년의 기억, 그리고 일본인으로 산 20년의 기억이 있다.

단, 기억이 중복되긴 했지만, 지금의 리오는 아마카와

하루토가 아니었다.

아마카와 하루토라면 지금 이렇게 어린애일 리 없었다. 그리고 이런 곳에 있을 리도 없었다. 기억이 맞다면, 아마카와 하루토가 살아있다고 생각하긴 어려웠으니까.

"기억 속의 나는 버스를 타고 가다 죽었어……. 죽었지?"

버스를 타고 가다 강한 충격을 느꼈다. 온몸이 산산이 조각나는 듯한 고통을 느낀 것이 생각났다. 어떻게 됐는지는 전혀 생각나지 않았지만, 살아남았다고 보기는 어려웠다.

"그럼 지금의 나는 뭐지? 이건 꿈? 사후세계? 다시 태어났나?"

생각난 가능성을 입에 담아봤다.

이 묘하게 생생한 현실감 때문에, 지금 이 순간이 꿈이라는 생각은 들지 않았다.

그리고 이곳이 사후세계— 천국이나 지옥인 것 같지도 않았다. 아니, 한없이 지옥에 가까운 환경이긴 했지만.

그럼 자신은 다시 태어난 걸까, 리오가 회의적으로 생각했다.

그런 꿈같은 이야기가 있나? 애초에 정말로 아마카와 하루토라는 사람이 존재했나? 이 뇌에 남은 기억은 진짜인가?

생각한들 답이 나올 리 없고, 누가 답을 가르쳐줄 리도 없었다. 알 수 있는 것은 지금의 자신이 리오이며, 아마카와 하루토가 아니라는 것뿐이었다.

처음에는 기억과 인격 때문에 혼란스러웠지만, 시간이

지날수록 아마카와 하루토의 기억이 리오에게 융합되어 하나의 자아를 형성했다.

두 사람 몫의 기억과 인격이 표면에 있지만, 모순되지 않고 섞였다고 할 수 있을까.

인생 경험이 긴 만큼 아마카와 하루토의 기억과 인격이 더 짙었지만, 리오는 아마카와 하루토인 것을, 아마카와 하루토는 리오인 것을 자연스럽게 받아들였다.

그래서 서로의 기억을 자신의 체험으로 지각할 수 있었고, 발광하지도 않았다. 깊이 생각하면 위화감이 샘솟았지만, 무척 이상한 감각이었다.

하지만 그보다도 지금 문제는——.

꼬르륵, 실내에 배곯은 소리가 크게 울렸다.

그러자 갑자기 몹시 배가 고파지면서 기운이 없어졌다.

공복감에서 오는 가벼운 빈혈을 느끼고 리오는 힘없이 탄식했다.

자기 전생의 기억이 진짜인지, 진짜라면 왜 다시 태어났는지, 왜 이제 와서 기억을 되찾았는지, 신경 쓰이는 것은 많았다.

그러나 생각한들 답이 나오지 않는다는 것을 알기 때문에, 리오는 지금 자신이 놓인 위기 상황을 어떻게 타개해야 할지부터 생각했다.

이렇게 냉정하게 생각할 수 있는 것은 아마카와 하루토의 기억과 인격이 돌아온 덕이 컸다. 리오가 리오인 채로 있었다면 앞으로의 장래에 아무런 비전도 갖지 못한 채, 고아로 죽는 미래를 맞이했을 터였다.

최악의 미래다. 리오에게는 살아남아야만 하는 목적이 있기에, 이런 곳에서 죽을 수는 없었다.

'죽으면, **그 남자를**······.'

매일 같이 증오를 품어온 남자의 존재를 떠올리고 리오는 빠득 이를 짓씹었다.

리오는 태어나자마자 아버지를 잃고, 철든 지 얼마 안 되어 어머니가 살해당한 이후 이 쓰레기더미 같은 슬럼가에서 살아왔다.

리오의 부모님은 먼 이국에서 온 이민자로, 둘이서 모험가로 여행하며 생계를 이어왔다. 그러나 뱃속에 리오가 생기자 어머니 아야메가 일시적으로 모험가 일에서 손을 떼게 됐다. 당연히 리오의 아버지 젠이 벌어오는 돈에 기대게 됐으나, 뛰어난 모험가였던 젠은 리오가 태어나고 얼마 되지 않아 사망했다.

그래도 아야메는 씩씩하게 리오를 길렀다. 저축한 돈을 절약해서 쓰면 아이를 기르며 조용히 살 수 있었다.

그러나 두 사람의 평온한 생활은 리오가 다섯 살 때 끝을 맞이했다.

아야메는 이국정서가 물씬 흐르는 미인이었다. 리오라는 아이가 있었지만, 주변 남자들이 상스러운 시선을 던질 정도로는 젊었다.

그래서 아직 어린 리오라는 약점을 품은 아야메는 주위의 악의에 집어삼켜져 리오의 앞에서 참살 당했다.

리오는 그 순간을 선명히 기억했다. 그 뒤로 어머니를 죽인 인물에게 복수하기 위해 살아왔다.

그 사명감은 아마카와 하루토의 기억이 돌아온 지금도 리오의 마음속에 강하게 새겨져 있었으나, 지금의 리오는 아마카와 하루토라는 사람의 가치관도 갖고 있었다.

분명 어머니 아야메의 원수는 증오스럽지만, 복수는 용납될 수 없는 악이 아니냐고, 자기 안에 있는 아마카와 하루토의 가치관이 기피심을 품었다.

그러나 리오의 리오로서의 가치관은 복수를 향한 마음으로 세차게 불탔고, 그 남자의 존재를 떠올리는 것만으로도 새까만 감정이 치솟았다.

'복수가 나쁘다고? 무슨 입에 발린 말을……'

자기 안에서 소용돌이치는 상반된 감정에 혀를 차고 리오가 얼굴을 찌푸렸다. ―그때였다. 오두막 문이 난폭하게 열렸다.

피폐한 몸을 혹사해 일어난 리오가 문을 바라봤다.

여러 남자와 한 여자가 줄줄 오두막 안으로 들어왔다.

"으응? 뭐냐, 리오. 너 눈을 뜬 거냐."

제일 먼저 들어온 남자가 어두컴컴한 오두막 안에 홀로 있던 리오를 발견하고 말했다. 리오는 이 남자를 알았다.

"그보다 살았구나. 죽은 줄 알았어. 형님, 리오 녀석 살았습니다. 꼴이 그래서 죽는 줄 알았습니다만."

남자가 의외라는 듯이 눈을 동그랗게 뜨고 등 뒤에 있는 거한에게 말했다.

"핫, 악운이 센 꼬맹이잖아. 어제는 열로 비틀거렸던 주제에. 자고 있었으면 버리려던 참이었다."

형님이라고 불린 거한이 감탄하며 말했다.

"……네. 어쩌다보니."

리오가 무심코 얼굴을 찌푸릴 뻔한 것을 참으며 대답했다.

이 남자들은 슬럼가에서 무엇이든 한다고 세력을 떨치는 심부름 그룹이다. 무법자로 활동하며 돈을 벌거나 의뢰받은 나쁜 일에 손을 대는 등, 정말로 무엇이든 했다.

인신매매, 금지품 판매, 암살, 절도, 사기, 공갈, 장물 처분 및 운반 등, 그들이 손댄 범죄는 셀 수 없이 많았다.

이 남자들 같은 존재에게 슬럼가의 고아는 함부로 쓰기 좋은 버리는 말이라 적당히 주워서 적당히 쓰고 버리는 일이 많았다.

리오도 그런 남자들에게 주워져 이용당하는 입장으로, 그들과 함께 이 오두막에서 살면서 자나 깨나 남자들에게 받는 부당한 취급을 두려워하며 세월을 보냈다.

가끔 스트레스 풀이로 얻어맞고, 남자들이 저지르는 범죄를 돕고, 범행이 들켜 도망칠 때는 희생양으로 미끼가 되기도 했다.

노예와 다르지 않았다. 그런데도 그들에게 의존하지 않

으면 살 수 없기에, 부당한 세계였다.

리오는 그들을 따라 말 그대로 죽기 살기로 오늘까지 목숨을 연명했다.

"춥네요. 축배를 들어 몸을 데우죠."

아우인 남자가 중앙에 놓인 조악한 목제 상에 식재료와 술을 쾅 내려놨다.

"그래. 야, **그건** 방구석에 두고 와. 약에 취해 자는 것 같으니 **깨우지 마.**"

리더 격인 남자의 지시에 아우 중 한 사람이 "예이"라고 대답하고 전리품이 든 것 같은 자루를 바닥에 놓았다.

남자들은 신이 나서 데려온 여자에게 술을 따르게 하고 식사를 시작했다.

"그건 그렇고 금화 열 장이라니 아주 쏠쏠하네요, 형님."

어떤 남자가 실실 웃으며 말했다.

"흥, 단순한 짐 옮기기로 금화 열 장이다. 멀쩡한 짐일 리가 없지. 그냥 노예일 리가 없지. 대단한 귀족의 애새끼라도 들어있지 않겠냐."

"잠깐, 뭐야. 또 위험한 일하는 건 아니지?"

술을 따르던 여자가 의심스러운 표정으로 물었다.

"뭐 그렇지."

리더 격인 거한이 여자를 끌어안고 뻔뻔한 미소를 지으며 코를 울렸다.

"그건 그렇고 식은 죽 먹기인 일로 금화 열 장이라니 너무 쏠쏠하다고요."

"그래."

거한이 술을 마시고 손에 든 고기를 호쾌하게 물어뜯었다. 그 모습을 보고 리오가 꿀꺽 침을 삼켰다.

대화 내용은 험악했지만, 지금의 리오는 그들이 먹는 음식에 온 신경이 쏠렸다. 제대로 된 일이 아니라는 건 분명하지만, 일을 도우면 리오도 조금은 얻어먹을 수 있었다.

그러나 이번에는 아파서 자던 리오에게 식사를 줄 가능성은 적었다. 남자들이 변덕이라도 부리지 않는 한—.

남자들과 리오의 관계는 지극히 심플했다.

강자와 약자, 이용하는 자와 이용당하는 자.

이용가치가 있는 동안은 돌봐주지만, 가치가 없어지면 바로 버린다. 실제로 리오는 그렇게 버려진 아이를 여럿 보았다.

앞으로 언제까지고 이 관계를 이어갈 셈은 아니었지만, 지금 리오는 일곱 살 어린아이에 지나지 않았다.

무작정 뛰쳐나와 약육강식의 세계인 슬럼에서 살아갈 수 있을 것 같지 않았다.

식사 냄새에 공복을 자극받았다.

'배고파…….'

지금은 그것이 전부요, 생각할 기력조차 없었다.

남자들의 대화를 멍하니 흘려들으며 리오는 오두막 끝 벽에 나른한 몸을 기대 쉬려고 했다. 그러자—.

"야— 리오, 리오."

아우 중 한 사람이 리오에게 말을 걸었다.

"네."

"너 땀 때문에 이상한 냄새 나. 좀 씻고 와. 밥이랑 술이 맛없어지잖아."

"……네."

혹시 식사를 주지 않을까 기대했지만, 헛된 환상이었다.

아우인 남자가 코를 잡고 훠이훠이 리오를 쫓아냈다. 자면서 흘린 땀 때문에 생각했던 것 이상으로 체취가 지독했던 모양이다.

"죄송합니다."

리오는 살짝 고개를 숙이고 비틀거리며 일어났다. 아마카와 하루토로서는 이 남자를 전혀 모르는데 리오로서는 이 남자를 잘 알아서 신기했다.

리오가 비틀비틀 오두막 문으로 향했다.

"리오, 몸이 낫지 않으면 노예로 팔아버린다. 네놈, 악운이 좋고 낯짝은 되니까 비싸게 팔릴 거야."

벌써 취했는지 리더 격인 남자가 유쾌하게 웃으며 리오에게 말했다.

뭐가 재미있는지 아우들의 낄낄대는 웃음소리가 울려 퍼졌다.

"정말, 애한테는 부드럽게 대해줘요."

술 따르던 여자가 기가 막혀 하며 타일렀다. 리오는 돌아보지도 않고 걸어가 오두막 밖으로 나갔다.

"리오."

리오가 문을 닫자마자 바로 열리더니 술 따르던 여자가 따라 나왔다. 이름을 불려 리오가 돌아봤다.

"이걸로 아침 먹고 오렴. 딱딱한 빵과 건더기 없는 수프 정도는 먹을 수 있을 거야."

여자가 리오에게 소동화 세 장을 쥐여줬다. 이 여자는 리더 격인 남자가 아끼는 창부였다. 리오와 안면이 있고 이렇게 도움도 몇 번 받았다.

"……고맙습니다, 지지 씨. 괜찮으세요?"

"좀 더 자라면 일해서 번 돈으로 가끔 나랑 놀아주면 돼."

리오가 고마워하자 지지라 불린 여자가 부드럽게 웃었다.

"하하……."

리오가 난처하게 웃었다.

"농담이야. 전에도 말했지만, 네 또래의 조카딸이 있어서 내버려두지 못하는 것뿐이야. 이제 곧 이 일도 때려치우려고."

지지가 어깨를 가볍게 움츠렸다.

"동생인 안젤라 씨와 가게를 여는군요. 언제 한번 가게에 갈게요."

리오가 부드럽게 미소 지으며 말했다.

예전에 지지가 리오에게 말한 적 있었다. 지지와 그녀의 동생 안젤라는 창부로 일하며 돈을 모아 언젠가 가게를 열

것이라고 했다.

리오는 기억해뒀던 그 말이 생각나 언젠가 은혜를 갚을 생각에 그렇게 말했다.

"너 뭔가 분위기가 바뀌지 않았어?"

지지가 눈을 동그랗게 뜨며 물었다.

"글쎄요. 저는 잘 모르겠는데요……."

마음이 덜컥한 리오가 조금 어색하게 고개를 갸웃거렸다.

"너 그런 표정도 지을 수 있구나. 고운 얼굴이니까 평소 처럼 시무룩하게 있지 마."

"어, 네. 그래 볼게요."

기분 좋아 보이는 지지를 향해 리오가 머뭇머뭇 수긍했다.

"뭐, 됐어. 가렴. 잡담하면 혼날 테니까."

"네. 고맙습니다."

리오는 가기 전에 깊이 머리를 숙이고 그 자리를 뒤로 했다.

아직 이른 아침이다.

조잡한 나무집이 난잡하게 늘어선 슬럼가에 고인 독특한 공기가 감돌았지만, 그래도 내리쬐는 아침 햇살과 공기를 느끼면 마음이 조금은 진정됐다.

남자들이 몸을 씻고 오라고 했지만, 슬럼가에는 목욕탕

같은 고급 시설이 없다. 몸을 씻으려면 슬럼가를 나가 우물이 있는 곳까지 가야 했다.

왕도 벨트란트는 왕성을 둘러싼 성벽으로 여러 개의 블록으로 나뉘는데, 성벽 안에 들어가려면 통행세를 내고 통행허가를 얻어야 했다.

당연히 성벽 내부가 더 삶이 풍족하고 치안도 좋아서, 성벽 내부에는 일정 이상의 자금력을 가진 사람들만 살 수 있었다.

그리고 왕성에 가까우면 가까울수록 유복하다는 증거였다.

그 외에 성벽 밖에 있는 구역은 출입이 자유로웠다. 성벽 안에서 살지 못하는 사람들이 살고 치안은 나쁘지만, 성벽 내부와는 다른 방향으로 발전했다.

슬럼가는 성벽 밖에 떨어져 있다. 물론 출입은 자유롭지만, 치안이 나쁜 성벽 외부 중에서도 가장 치안이 나쁜 구역이었다.

나라가 관리를 포기하고 권력이 닿지 않는 일종의 무법지대가 되어 슬럼가에서 살 수밖에 없는 사람과 일부 예외를 제외하면 기본적으로 좋아서 들어오는 사람은 없었다.

리오는 슬럼가를 나가 우물이 있는 가까운 구역까지 가서 재빠르게 몸과 옷을 물로 씻고 빨았다. 시간이 이른 탓인지 돌아다니는 사람은 그리 많지 않았다.

덕분에 유유히 우물을 사용할 수 있었다. 물론 비누 같은 고급품과 따뜻한 물은 없지만, 참는 수밖에 없었다.

리오는 몸을 씻고 돌아가는 길에 노점에 들러 싸고 딱딱한 빵과 건더기가 거의 없는 수프를 뱃속에 넣고 슬럼가 입구 근처로 돌아왔다.

햇볕이 닿는 적당한 곳을 찾아, 옷이 마를 때까지 땅바닥에 쭈그리고 앉아 있기로 했다.

계절은 초봄. 반라로 지내기에는 조금 추운 시기였다. 게다가 리오는 앓다가 막 나은 참이었다. 그러나 슬럼가의 삶에 익숙해진 덕분에 참지 못할 정도는 아니었다.

슬럼가 옆에는 창관거리가 인접해 있는데 막 동이 터서 그런지 봄을 판 여자와 봄을 산 남자들이 각자 귀갓길에 오르고 있었다.

창관거리에서 슬럼가로 귀가하는 사람은 거의 없었다. 슬럼가로 오는 것은 한 몫 잡아 위세 부리는 건달 정도였다.

딱히 관심도 없어서 리오는 가만히 앞으로의 삶을 생각했다.

솔직히 저 남자들과 앞으로도 함께 살고 싶지는 않았다. 저 오두막에 있어도 착취당하는 미래밖에 없다는 것은 명백했으니까.

그렇다 해도 이 세계는 고아인 리오가 아무 전망도 없이 홀로 살아갈 수 있을 만큼 상냥하지 않았다. 슬럼가에 사는 고아에게는 음식 찌꺼기를 뒤지거나 도둑질을 하거나 리오처럼 난폭한 무리에게 혹사당하며 사는 방법밖에 없었다.

'도둑질은 논외고, 되도록이면 일자리를 갖고 싶은데…….'

리오는 가능성 희박한 바람이라고 생각했다.

이 험난한 세상에 고아에게 일거리를 줄 사람을 쉽게 찾을 수 있을 리 없었다. 그렇지 않아도 시장 같은 곳에서는 슬럼에 사는 고아를 절도 상습범으로 여기고 경계했다.

일자리를 쉽게 찾을 수 있었다면 애초에 고아 따위는 생기지 않았을 것이다. 설령 일자리를 찾더라도 약점을 잡혀 엄청나게 값싼 돈에 일하게 되겠지.

그렇다면 자신이 할 수 있는 게 뭐가 있을까. 리오는 도움이 될만한 자신의 특기를 떠올렸다. 특기는 전생에 익힌 게 대부분이었다.

대학생 레벨의 교양, 자취하면서 키운 일상생활 가사 스킬, 그리고 본가 생활과 아르바이트로 익힌 그 밖의 잡다한 능력—. 이런 특기를 활용할 방법을 머릿속으로 모색했지만, 사회적 신분도 연줄도 없는 현재로써는 그 특기를 살리는 것조차 어려웠다.

이렇게 되니 정직하지 못한 수단이 선택지로 올라왔지만, 리오는, 아니 리오 안에 있는 아마카와 하루토라는 자신은 범죄행위를 기피했다. 예전의 리오였다면 당장 버렸을 터인 물렁함이었다.

그러나 이제 와서 도둑질을 시작으로 한 범죄행위를 기피해봤자 리오는 자신을 부리는 남자들에 의해 몇 번이고 범죄를 도왔었다. 그런 생각을 하니 이미 자신의 손이 더러워졌다는 실감이 치솟아 죄책감이 밀려왔다.

이미 늦은 건가―. 리오가 입가에 자조적인 미소를 지으며 눈썹을 좁히고 자신의 두 손을 가만히 내려다봤다. 그때였다.

"이봐, 거기…… 소녀인가?"

누가 말을 걸었다. 늠름한 여성의 목소리였다. 목소리에 반응해 고개를 드니 나이대가 각기 다른 네 사람이 서 있었다. 각자 깔끔한 로브를 입고 얼굴과 몸을 감춰서 리오에게 말을 건 인물 외에는 성별을 알 수 없었다.

체격을 보니 리오에게 말을 건 여성이 이 중에서 제일 연장자인 것 같았다. 그 젊은 목소리를 봐선 나이가 스물은 되지 않았을 터였다.

여성의 뒤에는 10대 초반 정도의 키를 가진 자그마한 사람 한 명과 리오와 동년배로 보이는 자그마한 어린애 두 명이 있었다.

말을 건 여성은 리오의 성별이 헷갈리는 모양이었다. 리오는 중성적인 외모를 가졌고 지금은 머리카락이 덥수룩하게 자라서 소녀로 착각하는 것도 무리는 아니었다.

"냄새……."

어린애 한 명이 불쾌해 하며 중얼거렸다.

목소리로 봐선 소녀이리라. 예쁘고 귀여운 목소리였지만, 내용이 꽤 신랄하다고 할까, 솔직한 말투였다.

"몸에 안 좋으니 맡지 마세요."

다른 어린애가 말했다. 이쪽도 여자아이였다.

'자기 좋을 대로 말하는군……'

약간 충격을 받은 리오가 자기도 모르게 얼굴을 찌푸렸다. 분명 자각은 있지만, 이래 보여도 막 씻은 참이었다.

리오는 두 소녀를 봤다. 후드로 얼굴을 가렸지만, 그들이 자신을 거리낌 없이 깔보고 있다는 건 알 수 있었다.

한편 소녀들 옆에 있는 자그마한 인물도 후드 속에서 리오를 가만히 관찰했다. 다만, 이쪽은 나쁜 감정은 품지 않은 것 같았다.

"이봐, 듣고 있나? 혹시 말을 이해 못 하는 건 아니겠지?"

연장자인 여성이 험악하게 물었다. 왠지 초조해 하며 살기를 내뿜는 것 같았다.

"듣고 있는데, 뭐죠?"

리오가 차갑게 대답했다. 눈으로는 방심하지 않고 네 사람을 관찰했다.

그녀들은 슬럼가에 사는 사람치고는 옷이 너무 깨끗했다. 말을 건 연장자 여자의 로브 사이로 허리에 찬 비싸 보이는 검집이 보였다.

대체 슬럼가 고아에게 무슨 용무일까. 강도질을 하려는 것 같지는 않았지만, 리오는 살짝 경계심을 높였다.

"연보라색 머리카락을 가진 소녀를 보지 못했나? 너 정도의 나이다."

여자가 리오에게 질문을 던졌다. 조금 고압적이라고 할

까, 고자세로 상대가 대답하는 게 당연하다는 명령조였다. 사람을 찾는 모양이었다.

딱히 화가 난 것은 아니지만, 굳이 정중히 가르쳐줘야겠다는 생각도 들지 않았다. 애초에 이 여자가 말하는 소녀에 관해 짐작도 안 됐다.

리오는 자리에서 일어나 네 사람을 귀찮다는 듯이 힐끗 본 뒤, 한숨을 내쉬고 걸었다.

"어이, 기다려. 질문에 대답해라."

바네사가 작게 혀를 차고 리오를 불러 세웠다.

"글쎄요, 모르겠는데요."

리오가 멈춰 서서 짝 다리를 짚고 대충 대답했다.

"솔직하게 말하세요." "숨기면 좋지 못할 거예요."

리오의 말을 의심하는지 여자 뒤에 있던 두 소녀가 위압적으로 말했다. 리오는 자기도 모르게 울컥했다.

"그러니까―."

"여러분, 그런 식으로 물으면 대답해주지 않을 거예요."

리오가 다시 모른다고 대답하려고 하자 계속 입을 다물고 있던 자그마한 인물이 약간 어이없어하는 목소리로 말을 잘랐다. 목소리를 들어보니 이쪽도 여자였다.

"음, 세리아 군."

연장자 여성이 세리아라고 불린 소녀를 봤다.

"제게 맡겨주세요. 바네사 님."

"그렇, 군. 자네는 현역 강사이니 적임이다."

바네사라고 불린 여자는 조금 망설이다가 곧 세리아에게 바통을 넘겼다. 세리아가 한 발 앞으로 다가왔다.

"저기, 얘. 놀라게 했다면 미안해. 이름이 뭐니? 아, 내이름은 세리아야."

"……리오."

세리아가 부드럽게 묻자 리오가 툭 대답했다.

"리오? 드문 이름이네."

"……이민자의 아이라서."

"그렇구나. 그래서 머리카락 색이 검구나. 그런데 리오. 물어보고 싶은 게 있는데 가르쳐주지 않을래?"

"좋아요."

리오가 고개를 끄덕였다.

"연보라색 머리카락을 가진 소녀를 못 봤니? 우리가 찾고 있거든. 모르니?"

"글쎄요. 못 봤는데……."

리오가 고개를 저었다.

이미 늦었다고 생각해요. —그 말을 덧붙이지는 않았다.

슬럼가 외의 지구에 사는 어린이가 슬럼가를 헤맸다면 무사할 거라 생각하긴 어려웠다. 평민이 입는 옷도 슬럼가에 사는 사람들에게는 대단한 가격에 팔리니까.

이번 일에 연루된 소녀가 이 네 사람의 지인이라면 분명 좋은 옷을 입었을 테고, 이미 한참 전에 걸친 것을 모두 빼앗겼을 게 분명했다. 운이 좋으면 그걸로 끝날 수도 있지

만, 그 뒤에는 소녀 취향을 가진 놈들이 다니는 창관에 팔릴지도 몰랐다.

"그렇구나……."

세리아의 목소리 톤이 낙담한 것처럼 내려갔다.

"이 앞은 슬럼가지?"

마음을 다잡았는지 크게 숨을 쉬고 물었다.

"네."

"이 안은 넓니? 잠깐 들어가 보고 싶은데 길을 헤맬까?"

"그럭저럭 넓고 복잡한데……. 이 안으로 들어가려고요?"

리오가 눈을 가늘게 떴다.

"응, 그 아이를 찾으러 가야 해."

세리아가 주저하지 않고 수긍했다.

"그만두는 게 좋아요."

"왜?"

리오가 이상해하며 고개를 갸웃거리는 세리아를 훑어봤다.

"……옷이 너무 좋아서 덮쳐달라고 하는 꼴이에요. 아직 아침이라 사람이 적지만, 그래도 돌아다니는 사람은 있어요. 당신 같은 사람이 들어갈 곳이 아니에요."

리오가 공손히 가르쳐주니 세리아가 조금 놀랐는지 눈을 동그랗게 떴다.

한 소녀가 "고아치고는 말투가 그럭저럭 괜찮네요"라고 중얼거렸다.

"아, 그렇구나. 역시 치안이 나쁘구나."

세리아가 자기 모습을 둘러보고 쓰게 웃으며 "이것도 나름 수수한 로브인데에."라고 혼잣말을 했다.

여기서 아마카와 하루토의 기억과 인격을 되찾은 뒤가 아니었더라면 리오는 세리아에게 유익한 정보를 가르쳐줄 생각을 하지 않았으리라. 특히 고압적인 바네사와 눈앞에 있는 두 소녀가 상대였다면 절대로 충고하지 않았을 터였다.

멋대로 슬럼가에 들어가 멋대로 길거리에서 죽으라지. 마음 깊은 곳에서 그렇게 생각했을 게 분명했다.

그러나 리오 안의 아마카와 하루토라는 사람은 호인이었다.

적어도 세리아처럼 최소한의 예의를 가지고 대해준 소녀가 슬럼가 안에 들어가는 것을 막을 정도는 됐다.

"음, 슬럼가에 사는 여자는 어떤 옷을 입니?"

"어떤 옷이라니, 평민이 입는 옷을 너덜너덜하게 만든 옷이에요. 깨끗한 옷을 입는 사람도 있긴 한데, 그런 녀석들은 슬럼가에서 날고 기는 놈들이에요."

"그렇구나. 참고할게."

세리아가 귀엽게 고개를 끄덕였다.

"그런데 너는 고아인데 말투가 묘하게 정중하네? 고아들은 보통 그렇게 말하니?"

"……글쎄요? 돌아가신 어머니께서 이렇게 말하라고 가르쳐주셔서."

리오가 조금 굳은 목소리로 대답했다.

아직 일곱 살인 리오는 대단한 어휘력을 갖추지 못했다. 하지만 입을 가볍게 놀리면 남자들에게 얻어맞기 때문에 이전까지 리오는 항상 남의 눈치를 보며 말했다.

그리고 어머니의 말투가 정중했던 것도 있고, 아마카와 하루토의 인격이 돌아오고 정신적으로 크게 성장한 덕분인지 지금의 말투는 상당히 어른스럽게 바뀌었다.

"미, 미안해. 이상한 걸 물었네."

세리아가 황급히 사과했다.

"아뇨, 딱히……."

리오가 그리 감정이 담기지 않은 목소리로 대답했다.

"……읏."

리오의 눈동자 속에 담긴 정체를 알 수 없는 감정을 엿보았는지, 세리아가 눈을 가늘게 떴다.

"세리아 군, 일단 옷을 갈아입고 다시 오지."

묵묵히 이야기를 듣던 바네사가 끼어들었다.

"무슨 말이야! 서두르지 않으면 그 아이가!"

"맞아요!"

두 소녀가 초조한 목소리로 말했다.

"정보가 확실하다면 아직 여유가 있습니다. 그리고 우리는 비공식적으로 움직이고 있습니다. 함부로 움직여서 정규 탐색부대를 방해해선 안 됩니다. 소란이 일어나는 건 크리스티나 님도 원치 않으시지 않습니까?"

"……그럼 어서 돌아가서 옷을 사자."

바네사의 설명에 크리스티나라고 불린 소녀가 불만스럽게 얼굴을 찌푸리며 말했다.

"세리아 군, 근처에 불온한 마력 반응은 없는가?"

"아, 잠시만 기다려주세요. 《범위 탐색 마법》."[에리어서치]

세리아가 작게 심호흡하고 리오에게는 생소한 말을 했다. 그러자 세리아의 발치에 빛을 띤 기하학적인 문양의 마방진이 떠올랐다.

'응?'

순간, 리오는 묘한 위화감을 느꼈다. 무언가 정체 모를 파동 같은 것을 감지했다. 그리고 떠오른 기하학 문양의 진과 달리 세리아의 몸에서 희미한 빛의 파도가 방출된 것처럼 보였다.

착각인가? ―그렇게 생각하고 리오가 눈을 피했다.

"어라, 너……."

세리아가 리오의 얼굴을 물끄러미 쳐다봤다.

"이 아이가 뭘 어쨌지?"

바네사가 물었다.

"《에리어 서치》에 걸렸어요. 일정량 이상의 마력에 반응하게 마법을 행사했는데 이 아이의 몸에 상당한 마력이 있는 것 같아요. 마술을 쓸 수 있는 소질이 있네요."

"아아, 그런가……. 고아 중에도 이런 자가 있군."

"이 녀석이 마력을?"

납득한 바네사와 달리 크리스티나가 의아해하며 고개를

갸웃거렸다.

"귀족이 아니어도 마술을 쓸 수 있는 마력을 가진 사람이 있어요. 부모에게 그 정도의 마력이 없어도 대물림으로 많은 마력을 가진 사람도 있고요. 훈련받지 않으면 마력 감지도 못하니, 알아차리지 못한 사람은 평생 못 쓰는 거죠."

세리아가 간단하게 설명했다.

"헤에…… 겉으로는 판단할 수 없는 거군요."

아직 이름도 모르는 소녀가 감탄하며 중얼거렸다.

"흠, 그렇군. 고아이니 앞날이 뻔하다만."

바네사가 리오를 감정하듯이 쳐다봤다.

'마술? 마력? 아까 그 이상한 빛이 마력인가? 나 지금 분명히 뭔가 느꼈지? 하지만 훈련을 받지 않으면 감지할 수 없다니…… 무슨 말이야?'

리오는 뭐가 뭔지 모르는 채로 세 사람의 대화를 들었다.

"불온한 마력 반응은 없었나?"

"음, 반경 500미터 이내에는 없군요. 탐색에 걸린 마력 반응은 우리와 이 아이뿐이에요."

"그런가……. 따라오게 해서 미안하지만, 자네 덕분에 조사가 순조롭군. 《에리어 서치》을 쓸 수 있는 사람도 희귀하고, 자네 정도의 탐색범위를 자랑하는 마도사는 없으니까."

두 사람은 계속 리오가 모르는 이야기를 했다. 그리고 대화가 일단락되자 세리아가 리오를 바라보았다.

"고마워. 이거 정보료로 받아줄래?"

세리아가 리오에게 대은화 다섯 장을 건네줬다.

리오는 돈을 받고 자기도 모르게 눈을 동그랗게 떴다. 지금 리오가 가르쳐준 정도의 정보로 대은화 다섯 장은 너무 과했다. 이 소녀는 금전감각이 어딘가 잘못 됐나?

"어, 부족해?"

리오가 그런 생각을 하며 소녀를 보자 이런 대답이 돌아왔다.

"……아뇨."

잠시 뒤, 리오가 작게 고개를 저었다. 받을 돈은 받아두자. 지금의 리오는 여유가 없었다. 겉치레하며 돈을 돌려주고 싶지는 않았다.

"고맙습니다."

리오가 세리아에게 고개 숙여 인사했다.

"말해두겠는데, 입막음 값도 포함이야. 이곳에서 보고 들은 이야기는 잊어줘."

세리아가 경고하듯이 약간 차갑게 말했다.

"알겠어요."

리오가 즉각 고개를 끄덕였다.

짐작건대 이 네 사람은 귀족이다. 호기심이 고양이를 죽인다. 귀족과 함부로 연관되어서는 안 된다. 귀찮은 일의 냄새도 나서 리오는 고개를 들이밀고 싶지 않았다.

"어…… 고마워. 정중하게 가르쳐줘서."

세리아가 머뭇머뭇 고마워했다.

"……아뇨, 저야말로."

"응, 그럼, 응. 힘내렴."

고아인 리오를 만나고 정이라도 생겼는지 세리아가 후드 아래로 미묘하게 아쉬운 표정을 지었다.

"그럼 갈까, 세리아 군."

"네."

네 사람은 발길을 돌려 슬럼가 입구를 떠났다. 리오는 어쩌다가 그 뒷모습을 지켜봤다. 가만히 보고 있으니 어째서인지 소녀들의 몸에서 미량의 빛이 흐르는 게 보였다.

놀라서 자신의 몸을 쳐다보니 역시나 세리아 일행처럼 희미한 빛이 흐르는 게 보였다. 착각이 아니었다. 분명하게 보였고, 감지할 수 있었다.

피가 온몸을 채운 것처럼 이 빛도 온몸을 채웠다. 샘에서 솟아오른 물처럼 리오의 몸에서 희미한 빛이 엄청나게 흘러넘쳤다.

저 네 사람 중에서는 세리아, 크리스티나, 바네사, 크리스티나의 종자로 보이는 소녀 순으로 많은 빛을 뿜었다.

그러나 리오의 몸에서 흘러넘치는 빛의 양은 세리아 일행과 비교해도 너무 많았다.

대체 이 빛이 언제부터 방출된 걸까? 세리아 일행은 눈치채지 못한 건가? —생각해봤지만, 답은 알 수 없었다.

'이거, 다른 사람들은 안 보이나? 들키면 안 되는 거 아

니야?'

황급히 몸에서 흘러나오는 빛을 줄이려고 의식을 집중하니 의외로 간단하게 끌어 담을 수 있었다. 아직 미묘하게나마 흘렀지만, 이 정도라면 세리아 일행보다 훨씬 적으니 문제없을 거라 판단하고 크게 숨을 쉬었다.

'이 빛이 마력……인가?'

정말로 마력이라면 감각적으로 무언가 될 것 같은 기분이 들었다.

하지만 아무 지식도 없이 손을 댔다가 돌이키기 어려운 일이 벌어질 위험이 있으니, 조금 더 때와 장소를 골라 실험할 필요가 있었다.

지금은 너무 늦게 돌아가면 곤란했기에 리오는 일단 오두막으로 돌아가기로 했다.

◇ ◇ ◇

리오는 오두막으로 돌아가면서 앞으로의 생활에 대해 생각하기로 했다.

세리아가 준 대은화 다섯 장만 있으면 지금의 리오도 당분간은 홀로 생활할 수 있었다. 하지만 정기적인 수입이 없는 이상, 심사숙고하지 않고 남자들의 곁을 떠날 수는 없었다. 왕도의 슬럼가에 있는 한, 리오가 도망칠 곳은 없었다. 도망친 걸 들키면 분노를 사 맞아 죽을지도 몰랐다.

일단은 따뜻한 식사를 했고 주머니가 넉넉해서 그런지 몸도 마음도 좋아진 기분이 들었다. 조금은 여유가 생긴 지금은 남자들 아래를 떠날 수 있는지 없는지, 그 후의 생활수단과 도주 루트 등도 고려하여 가만히 생각할 시간이 필요했다.

그런 생각을 하는 사이 드디어 지저분한 오두막에 도착했다. 갑자기 기분이 울적해지는 바람에 리오는 작게 한숨을 쉬었다.

"다녀왔습니다."

조용히 인사하고 오두막 안으로 들어갔다.

남자들의 기분에 따라 부당하게 혼나기도 했다. 하지만 오늘은 기분이 좋아 보였고, 좋아하는 지지가 따라주는 술을 마신지라 그러지는 않을 것 같았다. 지금쯤이면 야단법석 떨고 있을지도 몰랐다. 그렇게 생각했는데—.

'불이 꺼져 있잖아?'

오두막 안은 새까맣고 고요했다. 창문은 닫혀 있고 실내를 밝히는 불 하나 없어서 시야가 나빴다.

쇠 같은 냄새가 콕하고 코를 자극해서 리오는 얼굴을 찌푸렸다.

'이 냄새는 뭐지? 피?'

리오의 머릿속에 떠오른 것은 피 냄새였다. 다쳤을 때 나는 그 냄새다.

"읍읍! 으—읍!"

갑자기 오두막 안에서 우물거리는 소리가 들렸다. 소리의 발신지는 방구석이었다.

"……윽!"

갑작스러운 목소리에 리오가 깜짝 놀라 몸을 떨었다.

'뭐지?'

꾸물꾸물 천 스치는 소리가 들렸다. 누가 자고 있나.

리오가 쭈뼛쭈뼛 그쪽으로 다가가려던 때였다.

맨발로 걷는 리오의 발에 끈적거리는 이상한 액체가 묻었다. 바닥이 젖은 모양이었다. 리오는 정체불명의 기분 나쁜 감촉에 의문을 품으며 창문을 열려고 했다.

'창문이…….'

머릿속에 들어있는 방 구조에 의지해 불쾌한 발바닥 감촉을 참으며 창문이 있는 방향으로 걸어갔다. 그리고 방 안에 유일한 목제 창문을 열었다.

바깥 빛이 쏟아져 들어와 실내를 희미하게 밝혔다.

"이게 무슨……."

그 자리에 펼쳐진 참상에 리오는 자기도 모르게 말을 잃었다.

그곳에는 시체가 어지럽게 나뒹굴고 있었다.

시체 주인은 조금 전까지 오두막에서 술자리를 벌이던 남자들과—

"지지…… 씨."

창부인 지지의 시체였다. 조금 전, 리오에게 식사비를

준 그녀가 몸에서 엄청난 양의 피를 흘리고 죽었다. 선정적인 드레스를 새빨갛게 물들이고 천장을 향해 쓰러져 있었다.

"으……."

토기가 치밀었다. 입을 막고 겨우 참았다.

"읍—! 읍, 읍읍—!"

실내에는 여전히 우물거리는 소리가 울려 퍼졌다.

리오는 불쾌하게 얼굴을 찌푸리고 그쪽으로 시선을 돌렸다. 방구석에 자루 하나가 놓여 있었다. 이 자루 안에 어떤 생물이 들어있는 모양이었다.

'사람……? 설마—.'

크기로 보면 성인은 아니었다. 들어있는 건 어린이다.

굉장히 기분 나쁜 예감이 들었다. 두근거림이 가라앉지 않았다. 몸을 떨며 가만히 숨을 죽이고 조심스레 자루로 다가갔다. 자루 내용물이 자기 존재를 주장하는 것처럼 꿈틀거렸다.

리오가 머뭇머뭇 끈을 풀자 스르륵 소리를 내며 자루 입구가 열렸다.

그곳에는 신관복과 비슷한 아름다운 드레스를 입은 실로 사랑스러운 소녀가 있었다. 연보라색 머리카락에 보라색 눈을 가진, 리오 또래의 소녀가 멍하니 고개를 들었다.

—아아, 역시.

그 순간, 리오는 절망과 비슷한 무언가를 느꼈다. 머릿속에 경종이 울렸다.

그러나 언제까지고 계속 이러고 있을 수는 없었다.

이 자리에서 당장이라도 도망치고 싶은 충동이 일었지만, 눈앞에 겁먹은 소녀를 보니 묘하게 신경이 쓰였다.

"……괜찮아?"

리오가 할 수 없이 묻자 소녀는 꾸벅 고개를 끄덕였다. 겁먹은 눈으로 리오를 봤지만, 나이가 비슷한 덕분에 심하게 경계하지는 않았다.

자루 속에 몸을 묶인 채 누워있었던 덕분인지, 아직 방 안의 참사는 눈치채지 못한 것 같아 다행이었다. 알아차렸다면 패닉에 빠졌을지도 몰랐다. 뭐, 이제 곧 알게 될 테지만.

"입마개랑 줄을 풀게. 잠깐만 기다려."

리오는 일단 소녀의 입마개를 벗겼다.

"푸하아…… 하아."

소녀가 신선한 공기를 마시려고 급히 숨을 몰아쉬었다. 많이 쇠약해졌는지 열이 있어 보였다.

"어, 어디? 여기…… 어디……에요?"

어두운 실내에 겁먹은 건지, 추운 건지, 아니면 둘 다인 건지, 소녀가 몸을 덜덜 떨며 물었다.

"슬럼가. 나를 착취하던 사람들이 살았던 집인데……."

리오가 소녀의 몸을 묶은 줄을 손재주 있게 풀며 가르쳐 줬다.

"스, 슬럼가? 어, 어째서? 저……."

소녀가 멍한 표정으로 물음표를 띄웠다.

"글쎄? 풀었어. 이제 설 수 있겠지."

리오가 줄을 완전히 풀고 말했다.

"네, 네. 고맙습니…… 아, 아으."

다리에 힘이 풀린 건지 아니면 체력이 없는 건지, 소녀는 고마워하며 일어나려다 균형을 잃고 쓰러졌다.

"괜찮아?"

리오가 균형을 잃은 소녀를 부축해 눕혔다.

"네, 네."

괜찮다고 했지만, 소녀의 숨은 거칠었고 몸에서는 열이 났다.

"그래……."

리오가 무거운 목소리로 말하고 관찰하듯이 소녀의 얼굴을 가만히 바라봤다.

'얘, 아까 세리아라는 사람들이 찾던 여자애 아닌가?'

그렇다. 조금 전 슬럼가에서 만난 귀족 4인조가 찾던 소녀가 이 아이가 아닐까, 라는 생각이 들었다. 연보라색 머리카락도 그렇고, 왕후 귀족이 입을 법한 아름다운 드레스도 그렇고, 그렇게밖에 생각되지 않았다.

"저, 저기……."

소녀가 리오에게 말을 걸었다. 말하는 게 최선인 것 같았다. 계속 자루 속에 있었던 탓에 가벼운 탈수증상이라도 일어난 걸까.

"죄송합니다. 저를 성으로…… 데려가, 주시겠어요?"

소녀가 거칠게 숨을 쉬며 부탁했다.

"성?"

"부탁……드려요. 아버지께 말씀드려서, 보답……하겠, 어요."

"아버지라니……."

리오가 무심코 기죽은 목소리를 꺼냈다. 확실하게 귀찮은 일의 냄새가 났다.

"그리고, 물을……."

역시 목이 말랐나 보다. 소녀는 물을 원했다.

"잠시 그대로 누워서 기다려. 움직이지 마."

리오가 미지근한 물이 든 나무통으로 발을 옮겼다.

코는 냄새도 못 맡을 정도로 마비됐지만, 꼼짝없이 눈에 들어오는 참상을 보고 견디기 어려운 표정을 지었다.

끊임없이 치솟는 토기와 죄책감과 달리, 묘하게 차가운 사고로 나는 이런 곳에서 뭐 하는 걸까 멍하니 생각했다.

평소에 리오가 쓰는 나무 컵에 물을 담아 축 쓰러진 소녀의 곁으로 빠르게 돌아갔다.

"자, 물이야. 한꺼번에 마시지 마."

리오는 소녀가 물을 마시기 쉽게 부축해준 뒤, 물이 든 컵을 내밀었다. 탈수증상이 있다면 원래는 소금과 설탕을 섞어 수분을 보충하는 게 제일이지만, 그런 고급 음료수가 이 오두막에 있을 리 없었다.

소녀는 단순한 물을 맛있게 마셨다.

"푸하아, 하아……. 콜록콜록."

"진정해. 한꺼번에 마시면 몸에 안 좋아."

소녀가 사레들리자 리오가 충고했다.

"네, 네……."

수분을 보충하고 안심했는지, 몽롱하게 대답한 소녀의 몸에서 힘이 빠졌다.

"이, 이봐!"

리오가 황급히 말을 걸었지만, 소녀는 축 늘어져 있었다.

"기절한…… 건가?"

리오는 눈을 감은 채 크게 탄식하고 싶은 기분을 참으며 천천히 부드럽게 소녀를 눕혔다. 그때였다.

오두막이 낡아서 그런가, 정숙한 실내에 끼익 나무 바닥 삐걱거리는 소리가 났다.

리오가 놀라서 뒤를 돌아보니 가면 쓴 남자가 다가오고 있었다.

가면을 쓴 남자가 리오의 몸에 나이프를 찌르려고 했다.

살해당한다. 바로 깨달은 리오는 심장이 멈출 듯한 공포를 느꼈다.

그러나 반사적으로 두 손을 움직여 나이프를 쥔 남자의 손을 깔끔하게 받아넘겼다.

남자가 쥔 나이프가 목표를 빗나가 허공을 찔렀다.

"뭣……!"

남자의 얼굴을 감싼 가면 아래에서 경악이 흘러나왔다.

리오도 자신의 손을 멍하니 바라봤다. 전생에서 아마카와 하루토가 기른 신체 움직임을 육체가 본능적으로 재현했다. 정신 차리고 보니 다짜고짜 신체가 반응했다.

하지만 지금은 그런 걸 신경 쓸 때가 아니었다.

'이 자식, 계속 숨어있었던 건가? 왜 나를 죽이려 하지?'

갑자기 벌어진 첫 싸움에 리오가 패닉을 일으켰다.

당연했다. 전생에서도, 이번 생에서도 살의를 갖고 흉기를 휘두르는 사람과 대치한 경험은 없었으니까.

몸이 뜨겁고, 심장 박동이 온몸에 울려 퍼졌다. 그다지 움직이지도 않았는데 숨이 찼다. 무섭다. 서 있는 것만으로도 다리가 떨렸다.

리오는 떨리는 손으로 자세를 잡고 슬금슬금 뒷걸음질 쳤다.

가면 쓴 남자는 자신의 공격에 훌륭하게 대처한 것을 경계한 것인지, 나이프를 든 채 가만히 리오를 마주 봤다.

솔직히 첫 공격은 운이 좋았을 뿐이었다. 남자는 아마추어로 보이지 않았고, 리오는 어린아이니 진심으로 죽이려고 하면 싸운다 하더라도 체격 차이 때문에 이길 도리가 없었다.

남자가 서서히 거리를 좁혔다.

이대로 싸우면 반드시 죽는다고 생각했다. 그러나 도망

친다고 해도 체격과 체력 차이 때문에 도망칠 가능성도 없었다. 사면초가라고 생각한 그때.

「하루토.」

리오의 머릿속에 낯선 소녀의 목소리가 울렸다. 무기질적이지만, 맑고 깨끗한 목소리였다. 그 음색이 묘하게 피폐하게 들렸다. 그 순간―.

"웃⋯⋯?"

리오가 눈을 크게 떴다. 갑자기 연분홍색 머리카락을 가진 터무니없는 미소녀가 눈앞에 나타났다. 하지만 그것은 한순간뿐, 소녀는 곧바로 사라졌다.

환청, 환영인가? ―리오가 얼른 눈을 굴리며 주위를 둘러봤지만, 소녀의 모습을 찾아내진 못했다. 아니, 애초에 소녀는 자신을 하루토라고 부르지 않았나? 이 세계에서는 아무도 모르는 이름인데―.

리오는 무슨 일이 일어났는지 파악하지 못하고 가벼운 혼란에 빠졌다.

「지금은, 시간이 없어. 오드― 마력 쓰는 방법⋯⋯ 가르쳐 줄 테니, 느낌으로, 기억해.」

다시 한 번, 리오의 머릿속에 환영의 소녀라고 생각되는 소녀의 목소리가 울렸다.

역시 잘못들은 게 아니었어―.

"마, 마력을 어떻게 써?"

지푸라기라도 잡는 심정으로 수수께끼의 목소리를 향해

외쳤다. 눈앞에 있는 남자가 흠칫하는 것을 봤지만, 지금은 신경 쓸 여유가 없었다.

「감각을 곤두세워. 몸에서 빛이…… 나오지? 그 빛을 사용해 네 신체능력과 육체 강도…… 강하게 만들어. 그렇게 상상해. 괜찮아. 하루토…… 할 수 있어.」

머릿속에 드문드문 소녀의 목소리가 울려 퍼졌다. 설명이 그리 친절하지는 않았다. 그러나 그 순간, 리오는 온몸이 열에 둘러싸이는 감각을 느꼈다.

「이제…… 육체의 한계를 뛰어넘어서, 움직일 수 있어. 느낌…… 기억했어? 이걸 유지…… 미안, 나 더는―.」

소녀의 목소리가 뚝 끊겼다.

리오는 자신의 몸에 일어난 변화에 놀랐다. 체내에서 넘쳐흐르는 빛이 갑자기 늘어나더니 곧바로 몸이 가벼워졌다.

감각이 예민해졌고, 시각과 청각뿐 아니라 육감까지 눈을 떴는지 원래라면 느낄 수 없는 무언가까지 잡아낼 수 있을 것 같았다.

수수께끼의 소녀가 말한 대로 몸에서 넘쳐흐르는 희미한 빛으로 신체능력과 육체가 강화된 모양이었다. 반신반의했고 이유도 모르지만, 그녀의 서포트로 가능해졌다는 것만은 알 수 있었다.

덕분에 요령을 파악했다. 지금이라면 이 상태를 그리 어렵지 않게 유지할 수 있었고, 다음부터는 스스로 신체능력과 육체를 강화할 수 있을 것 같았다.

수수께끼 소녀의 정체와 이 빛이 무엇인지 아직 모르는 것투성이지만, 지금은 눈앞에 있는 살인자에게 대처하는 것이 최우선이었다.

리오가 남자의 나이프를 받아넘기고 십여 초밖에 지나지 않은 시점이었다.

슬금슬금 후퇴하는 리오 쪽으로 천천히 거리를 좁히던 남자는 리오가 서서히 멈춰서자 같이 멈춰서서 의아하게 상황을 살폈다.

리오는 전의를 담아 가만히 가면 쓴 남자를 응시했다.

그러자 남자가 어떤 주문 같은 단어를 중얼거렸다.

"《신체능력 강화마법》."
<small>인챈트 피지컬　　어빌리티</small>

남자의 몸이 빛을 띤 기하학 문양의 마방진에 잠시 둘러싸였다.

리오는 눈을 가늘게 떴다. 마방진이 사라지자 지금까지 남자의 몸에서 옅게 흘러나오던 희미한 빛의 양이 훨씬 늘었다. 그래도 리오의 몸에서 흘러넘치는 빛의 양에는 훨씬 못 미치지만, 리오는 경계하며 남자를 바라봤다.

그 순간, 암살자 남자가 믿을 수 없는 속도로 리오에게 갑자기 접근해 평범한 사람이라면 반응할 수 없는 속도로 나이프를 찔러 넣었다. 한순간에 승부를 볼 작정이었다.

그러나 리오의 눈에는 남자의 움직임이 여유롭게 대처할 수 있을 정도로 느리게 보였다. 동체 시력과 반응속도가 올라간 것이다. 그것을 실감하고 리오는 경악했다.

리오가 상체를 옆으로 물렸다. 그러자 남자가 할 수 있는 가장 빠른 찌르기가 허공을 찔렀다. 리오는 한 발 앞으로 내디뎌 남자의 복부에 손바닥 치기를 먹였다.

"크어, 으헉?"

복부에 가해진 거센 충격에 남자의 입에서 터져 나오지 못한 비명이 흘러나왔다. 족히 80킬로그램은 돼 보이는 남자의 몸이 가볍게 날아갔다. 리오의 일격은 어린이의 공격이라고 생각하기 어려운 위력이었다.

남자는 간신히 착지했지만, 정신을 잃을 것 같았다. 무슨 일이 일어난 건지 머리가 따라가지 못했다. 한쪽 무릎을 꿇고 깜짝 놀라 리오의 얼굴을 쳐다봤다. 그런데도 남자는 필사적으로 일어나 천천히 리오에게 다가가 느린 동작으로 나이프를 찔렀다.

리오가 남자의 손목을 잡아 틀었다.

"크악."

손목 통증에 남자가 반사적으로 나이프를 놓쳤다.

리오는 그대로 남자의 자세를 무너뜨려 가볍게 바닥으로 내던졌다.

역시 신체능력이 올랐다. 그리고 연약한 어린이의 몸으로 견딜 리 없는 부하가 리오의 육체에 걸렸지만, 조금 전 소녀의 말대로 육체 강도도 오른 모양이었다. 신체에 부담이 가지 않았다.

"큭, 젠장…… 애송이가…… 너……. 뭐하는, 놈이냐?"

남자는 반사적으로 낙법을 해서 의식을 잃지는 않았다. 바닥에 널브러져 신음하듯이 원망을 늘어놨다.

"하아, 하아……."

리오가 일어선 채 거친 숨을 토했다. 가슴의 두근거림이 가라앉지 않았다. 멍하니 자신의 손을 내려다봤다.

잠시 후, 리오는 어슴푸레한 어둠 속에서 자신을 노려보는 남자를 봤다. 가면 틈으로 증오가 담긴 시선이 보였다.

무슨 생각을 했는지 남자가 휘청거리며 다시 일어서려고 했다.

'아직도 싸울 셈이야?!'

리오의 얼굴이 비통하게 일그러졌다.

남자는 만신창이였다. 일어설 기력조차 남지 않았다.

그런데 왜 일어서려고 하지? ─답은 하나, 이 남자는 끝까지 리오를 죽일 셈이었다. 무엇이 남자를 그렇게까지 몰아세우는지, 리오는 알지 못했다.

알고 싶지도 않았다. 그러나 남자가 자신을 죽이려고 한다면, 자신은─.

리오는 초조하게 숨을 내쉬고 남자를 엎어뜨려 바닥에 밀어붙였다.

"큭……."

남자의 입에서 괴로운 신음이 흘러나왔다.

리오는 남자의 등에 올라타 두 손을 뻗어 그의 목을 잡았다. 그대로 힘을 주면 남자를 목 졸라 죽일 수 있었다.

그러나 손의 떨림이 멎지 않았다. 힘을 주려고 하면 손이 떨렸다.

죽일 수 없다. 죽이지 않는다. 상대는 자신을 죽이려고 했는데 리오는 이 남자를 죽일 각오가 없었다. 리오는 잠시 머뭇거렸다.

"젠장!"

리오는 남자의 머리를 있는 힘껏 땅에 처박았다. 그러자 미약한 힘으로 저항하던 남자가 움직이지 않게 됐다.

기절했다. 그것을 확인하고 리오는 일어섰다.

"도, 도망쳐야 해—."

멍하니 중얼거렸다. 그리고 휘청거리며 걷기 시작했다.

리오가 주위를 경계하듯이 흠칫흠칫 시선을 옮겼다. 누군가에게 들키면 지금 상황을 어떻게 설명해야 할까. 무서워서 죽을 것 같았다.

그러자 의식을 잃고 잠든 소녀의 모습이, 리오의 시야에 들어와—.

아직 아침이었다.

멀쩡한 직업을 가진 사람이라면 이미 일하러 나갔을 테지만, 슬럼가 주민 중에 제대로 된 일을 하는 사람은 거의 없어서 아직 주변은 한산했다.

리오는 의식을 잃은 낯선 소녀를 어깨에 이고 터벅터벅 슬럼가를 걸었다. 소녀가 입은 드레스가 너무 눈에 띄어서 지금까지 들어 있었던 자루를 씌워 몸을 숨겼다. 다치지 않았는데 걸음이 무거웠다.

왜 이렇게 된 걸까? 왜 자기가 이런 꼴을 당해야 하는 걸까? 그런 생각은 분명히 존재했지만, 부당한 현실에 분노할 여유는 없었다. 정처 없이, 어디로 가야 할지 몰랐다.

리오는 오로지 그저 걷고 있었다. 그러다 어느 틈에 슬럼가 입구 근처에 도착했다는 것을 깨달았다.

"너, 너! 거기 서!"

바로 근처에서 어린 소녀가 소리치며 리오에게 말을 걸었다.

그러나 리오는 자기에게 말을 건 줄도 모르고 멍하니 걸었다.

"거기 서라고 했잖아!"

그런 말이 들리고 뒤에서 억지로 잡아당겨 졌다. 누군가가 리오의 어깨에 실린 소녀를 떼어놓으려고 했다.

"크, 크리스티나 님! 기다려주십시오!"

"바네사, 어서 플로라를!"

"네, 네!"

말을 건 사람은— 리오가 슬럼가 입구 근처에서 만난 4인조 중 한 사람— 크리스티나였다. 다른 세 사람도 함께 있었다.

전과는 전혀 다르게 꽤 조악한 후드가 달린 로브로 용모를 숨겼지만, 귀에 들어온 이름과 신장 조합을 보면 틀림없었다.

크리스티나는 화난 모습으로 플로라라고 부른 소녀를 리오의 어깨에서 잡아당겼다.

"어이, 너. 플로라 님을 놓아라."

바네사의 차가운 목소리에 리오는 플로라를 지탱한 손의 힘을 풀었다.

바네사가 리오의 어깨에서 플로라를 빼앗았다.

"플로라! 플로라!"

크리스티나가 바네사의 팔에 안긴 플로라의 이름을 필사적으로 외쳤다.

"진정하십시오. 기절했을 뿐입니다. 세리아 군, 로아나. 플로라 님을 부탁한다."

바네사가 냉정하게 플로라의 상태를 확인하고 다른 두 사람에게 간호를 부탁했다.

"네, 네!"

"알겠어요!"

세리아와 로아나라고 불린 소녀가 고개를 끄덕였고 세리아가 플로라를 안았다. 리오는 감정이 희박한 눈으로 남의 일처럼 그 모습을 쳐다봤다.

"이봐, 너!"

바네사가 소리치며 리오를 노려봤다.

물 흐르는 듯한 동작으로 검을 꺼내 리오의 목덜미에 검 끝을 겨누었다.

그러나 리오는 동요하지 않았다. 바네사에게서 조금의 살의도 느껴지지 않았다. 조금 전 자신을 죽이려고 했던 남자와 달랐다.

그렇다고 냉정한 사고로 상황을 판단하고 있느냐면, 그렇지는 않았다. 굳이 말하자면 굉장히 관심이 없다고나 할까.

"너, 무슨 일이 있었는지 말해라."

바네사가 차갑게 명령했다.

리오는 아무래도 좋다는 듯이 천천히 발을 돌렸다.

"기다려!"

크리스티나가 리오의 앞을 막아섰다.

"위험합니다!"

바네사가 몹시 놀라서 외쳤다.

그러나 크리스티나는 바네사의 제지를 무시하고 리오의 뺨을 때렸다. 짝 하고 마른 소리가 주위에 울려 퍼졌다.

넋이 나가 있던 리오는 뺨을 맞고 제정신을 차렸다.

"······어?"

리오의 입에서 의문의 소리가 흘러나왔다.

이해할 수 없었다. 왜 눈앞에 있는 크리스티나가 화를 내는지. 왜, 크리스티나 일행이 찾던 소녀를 구해준 자신이 맞았는지.

혼란스러운 와중에도 스멀스멀 뺨의 아픔이 올라왔다.

"입 다물고 있지 말고 대답해! 너 거짓말했지? 플로라에게 무슨 짓 하려고 했어?!"

크리스티나가 당연하다는 투로 리오를 규탄했다.

무슨 말인지 도저히 모르겠다. 리오는 정체 모를 무언가가 목까지 차오르는 것을 느꼈다.

"뭐?"

리오는 뼛속까지 얼어버릴 듯한 목소리로 말하고 크리스티나의 눈을 쳐다봤다.

"윽……."

크리스티나가 몸을 움찔 떨었다. 반사적으로 손을 들어 한 번 더 리오의 뺨을 때리려고 했다.

리오도 반사적으로 손을 들어 먼저 크리스티나의 손을 잡았다.

크리스티나가 분해서 귀여운 얼굴을 일그러뜨리고 반대쪽 손으로 뺨을 때리려고 했다.

그러나 리오는 그 손도 잡고 두 손으로 크리스티나를 억눌렀다.

"이거 놔! 더러워! 냄새나!"

크리스티나가 소리 질렀지만, 리오는 손을 놓지 않았다.

"손을 놓아라."

바네사가 다시 리오의 목덜미에 검을 겨누고 차갑게 말했다.

리오가 바네사를 한 번 노려보고 천천히 두 손을 놓았다.

예상대로라고 할까, 풀려난 크리스티나가 있는 힘껏 리오의 따귀를 때렸다. 리오는 그 동작을 눈으로 좇으면서도 딱히 방어하지 않았다.

"핫."

리오가 조롱하듯이 웃었다.

그 미소에 크리스티나가 또 몸을 움찔 떨었다.

무서웠다. 리오의 미소에는 공주님으로 자란 크리스티나가 처음 마주하는 감정이 담겨 있었다.

"크리스티나 님! 도발하는 행동은 하지 말아주십시오!"

"이 녀석이 잘못한 거야! 불경죄로 다스리겠어!"

"이 소년은 당신께서 왕족이라는 걸 모릅니다. 사정도 들어봐야 합니다."

"그럼 당장 구속해!"

크리스티나가 소리치자 바네사가 괴롭게 탄식했다.

"그렇게 됐다. 소년…… 리오라고 했나. 성까지 동행해 주겠나."

"싫습니다."

리오가 딱 잘라 거절했다.

"미안하지만, 이건 「부탁」이 아니야. 「명령」이다. 네게 거부권은 없어."

바네사가 손에 든 검을 리오의 목덜미에 아슬아슬하게 겨누었다. 몇 밀리미터만 움직이면 검 끝이 목의 얇은 피부를 찢을 테였다.

그러나 리오는 두려워하지 않고 바네사의 눈을 바라봤다.

바네사도 리오의 눈을 지그시 마주 봤다.

크리스티나, 세리아, 로아나, 다른 세 사람이 긴장된 분위기를 느끼고 조용히 지켜봤다. 다섯 명 사이에 잠시 침묵이 흘렀다.

그러던 중.

'이 소년, 정말로 어린아이인가?'

바네사는 마음속으로 리오의 담력에 혀를 내둘렀다.

평범한 어린애라면 벌써 분노로 이성을 잃고 비명을 지르거나 엉엉 울거나 목숨 구걸을 해도 이상하지 않았다. 그런데 리오는 반항적이긴 하지만, 압도적으로 우위에 선 입장에 있을 바네사 일행을 상대로 냉정하고 아슬아슬한 선을 지켰다.

바네사는 정체 모를 섬뜩함을 느꼈다.

"나는 기절한 저 여자애를 도와준 것뿐이에요. 저 애가 눈을 뜨면 물어보시죠."

"안 된다. 네가 아는 것을 네 입으로 듣겠다."

바네사가 리오의 제안을 쌀쌀하게 거절했다.

이 이상은 리오가 불평해봤자 헛된 대화가 될 터였다. 리오는 바네사가 권력과 실력을 행사해 자신을 강제적으로 성으로 끌고 갈 것이라 판단했다.

조금 전에 익힌 힘을 사용해 반격하고 도망치는 선택지가 있긴 했지만, 이미 얼굴을 기억했을 테고 싸운다고 이길 거란 확신도 없었다.

그리고 그런 짓을 하면 리오는 정말로 범죄자가 되고 만다. 상대는 왕후 귀족이니까. 제일 단순하고 뒤를 생각하지 않는 악수였다.

"……이야기만 하는 거죠?"

"그래. 네가 결백하다면 풀어주겠다. 나쁘게 대하지 않겠다. 이동 중에도 간단히 듣도록 하지."

그저 고아에 지나지 않았던 리오가 왕도 최하층인 슬럼가에서 왕도 중심지인 왕성으로 이동하게 된 순간이었다.

그리고 십여 분 후.

리오가 성에 도착했을 때쯤, 현장이 된 작은 집 주위에 성에서 파견된 조사 인원이 밀어닥쳤다. 그 외에도 슬럼가 주민이 구경하러 나와 소란스러웠다.

"알프레드 님! 살아있는 사람을 발견했습니다."

왕국근위기사단 기사복을 입은 남자가 오두막 문을 나오며 말했다.

"구속해서 옮겨라. 유괴범과 한패일지도 모른다."

나이는 20대 후반으로 기사복 위에 호화로운 망토를 걸친 풍격 있는 남자— 알프레드 에마르가 지시를 내렸다.

구경꾼 틈에 섞여 그 모습을 관찰하는 사람이 있었다. 검은 로브로 온 몸을 감싸서 생김새, 나이, 성별은 알 수 없었다.

그때, 오두막에서 한 남자가 구속된 상태로 나왔다. 조금 전 리오를 공격한 사람이었다. 가면이 벗겨져 민얼굴이 드러났다. 의식은 되찾았으나 조금 전 전투의 여파가 남았는지 고통으로 얼굴이 일그러졌다.

그걸 보고 검은 로브를 입은 사람이 중얼거렸다.

"이것은…… 조금 곤란해졌네요."

남자 목소리였다. 후드 그림자에 가려져 표정은 보이지 않았지만, 말과 달리 남자의 말투에서 초조함이나 동요는 전혀 느껴지지 않았다.

"……어쩔 수 없군요."

남자는 작게 탄식한 뒤, 주머니에서 작은 보석 같은 돌을 꺼냈다. 손가락으로 그것을 잡아 주저하지 않고 으스러뜨렸다.

"윽…… 아…… 커헉."

돌이 가루가 되자 구속되어 나오던 남자가 괴로워했다. 몸이 움찔 떨리더니 순식간에 숨이 끊어졌다.

"이, 이봐!"

남자를 부축하던 기사가 황급히 말을 걸었다.

"무슨 일이지?"

"주, 죽었습니다."

이변을 알아차린 알프레드의 물음에 기사가 남자의 상태를 확인하고 사실을 전했다. 알프레드가 "뭣?" 하고 눈썹을 치켜세웠다.

구경꾼 틈에 섞인 검은 로브의 남자가 그 모습을 만족스럽게 바라봤다.

"딱 맞췄네요. 목적은 달성했으니 귀환할까요."

남자는 그 자리를 뒤로했다.

【 제 3 장 】 ❖ 원죄

리오는 성 지하에 있는 취조실에 감금됐다.

"여기서 잠깐만 기다리렴. 조사관이 금방 올 테니까."

안내해준 병사가 말하고 취조실을 나가 문을 잠그는 소리가 울려 퍼졌다.

리오는 방 안을 휙 둘러봤다.

이 취조실에는 창문이 없었다. 방 중앙에 목제 책상과 의자만 있는 광경은 무척 살풍경했다.

유일한 출입구인 문으로만 나갈 수 있었고, 밖에서 잠그게 되어있어 한 번 문이 잠기면 실내는 완벽한 밀실이 됐다.

"그리 신뢰 받지 못하는 모양이네."

리오는 자신이 처한 상황을 이해하고 달갑지 않게 중얼거렸다.

참고로 바네사 일행은 안내를 맡은 병사에게 리오를 맡긴 뒤, 플로라를 데리고 서둘러 자리를 떠났다.

도중에 무슨 일이 있었는지 간단하게 설명했지만, 적어도 플로라가 눈을 뜨고 사실이 확인될 때까지 리오를 중요 참고인으로 가둬둘 게 분명했다.

그 사이에 정식으로 취조해 기록을 남기면 시간도 낭비되지 않았다. 실로 합리적이었다.

서로의 입장과 관계를 생각하면 당연한 취급이었고, 이

렇게 자신을 가두는 것도 이해는 됐다. 하지만 솔직히 그리 달갑지는 않았다.

이렇게 될 줄 알았더라면 플로라를 돕지 않는 게 낫지 않았을까.

그러면 지금 이런 취급은 받지 않았겠지. 그렇게 나쁜 짓을 한 것도 아닌데 의심하고 범죄자처럼 가두고―.

기절한 플로라를 버리고 갈 수 없어서 밖으로 옮긴 결과가 이거였다.

이 세계는 부당하다. 강자에게 약하고, 약자에게 부조리하게 만들어졌다.

그런 거, 알고 있었는데―.

리오는 초조함을 토해내듯 탄식하고 조악한 의자에 털썩 주저앉았다. 의자는 예의상으로도 편하다고 할 수 없다. 두 팔을 감싸고 눈을 꼭 감았다. 아무런 정보도 못 얻고 앞도 보이지 않는데 생각한다고 사태가 호전될 리도 없었다.

그렇다면 가능한 한 느긋하게 기다리자며 마음을 가라앉혔다. 잠시 뒤, 잠금 풀리는 소리가 들리고 곧 문이 열렸다.

세 남자가 들어왔다. 왕국근위기사단의 기사복을 입었는데, 제일 앞에 선 남자가 입은 기사복에는 특별히 호화로운 의장이 달렸다.

호화로운 기사복을 입은 남자의 나이는 20대 후반 정도였다. 외모는 단정했는데 뭐가 언짢은지 리오를 보는 눈초리에 모멸감이 엿보였다.

호화로운 기사복을 입은 남자가 리오를 힐끗 봤다.

"지금부터 몇 가지 질문하겠다. 네 취조를 담당하게 된 근위기사단 부단장 샤를 아르보다. 빨리 풀려나고 싶다면 솔직하게 대답해라."

그가 갑자기 위압적으로 명령했다. 리오가 불쾌해 하며 눈썹을 찌푸렸다.

샤를 아르보라고 밝힌 기사가 리오 맞은편에 놓인 의자에 앉았다.

"네가 제2왕녀 전하를 유괴했나?"

그가 어떤 서류를 보며 물었다. 리오의 심정은 안중에도 없었다.

서기 역을 맡은 기사가 샤를 옆에 앉아 진술 내용을 기록했다.

남은 한 기사는 리오를 위협하듯 바로 근처에 섰다.

"……아닌데요."

리오는 샤를 일행의 불손한 태도에 반감을 품었는지 무뚝뚝하게 대답했다.

"그럼 제2왕녀 전하를 어디에서 발견했나?"

"슬럼가에 있는 오두막 안에서요. 자루 속에 갇혀 있었습니다."

"너는 왜 그곳에 있었지?"

"저를 키워준 사람들이 살던 곳이었으니까요."

"보고에 의하면 그자들이 제2왕녀 전하를 감금했다고 들었다만?"

"그런 것 같아요. 왕녀님이 든 자루를 가지고 돌아오는 걸 봤습니다."

담담히 취조를 진행했다. 전부 성으로 오는 사이 바네사 일행에게 이야기한 정보였다. 샤를이 가진 서류에 리오가 말한 정보가 정리되어있고, 취조하며 모순이 없는지 찾는 것 같았다.

진술 내용 속에는 리오에게 불리한 정보도 있었지만, 본격적으로 조사하면 언제든 밝혀질 가능성이 있었다. 서투르게 거짓말을 했다가 객관적인 사실관계의 정합성을 잃게 되면 곤란했기에, 리오는 기본적으로 솔직하게 대답하기로 했다.

"즉, 너는 제2왕녀 전하의 유괴에 관여하지 않았다고?"

"그렇습니다."

샤를이 수상쩍어하며 묻자 리오가 망설임 없이 수긍했다.

"흥, 수상하군. 보고서에 의하면 너를 돌보던 불량배들이 정체불명의 가면을 쓴 남자에게 모두 살해당했다고 적혀 있다만, 왜 너만 살아 있지?"

"쓰러뜨렸어요."

"누가?"

"제가요."

리오가 대답하자 샤를이 코웃음 쳤다.

"거짓말하지 마라. 너 같은 애송이가 도둑을 쓰러뜨렸다고? 말도 안 돼. 그 도둑도 무슨 훈련을 받았을 거다."

"몰라요. 방심한 거 아닐까요? 그리고 그땐 어쨌든 필사적이어서, 저도 뭐가 어떻게 된 건지……."

리오는 신체를 강화한 사실을 숨기기로 했다.

"흥, 그렇다 치지. 그럼 그 남자는 지금 어디에 있나?"

"글쎄요? 정신 차리고 도망치지 않았다면 오두막 안에 시체와 함께 뒹굴고 있겠죠."

리오가 약간 지겨워하며 대답했다.

"지금 그 오두막을 조사하고 있다. 이곳에도 곧 정보가 도착할 거다. 네 말대로라면 그 남자에게서 정보를 끌어내야겠군……."

샤를이 말한 순간, 노크 소리가 들렸다.

"온 것 같군. 이봐."

샤를이 한 기사에게 문을 열게 시켰다.

문이 열리자 또 한 명의 기사가 방 안으로 들어왔다.

"실례하겠습니다. 샤를 님, 조사경과 보고입니다."

방에 들어온 기사가 샤를에게 귓속말했다.

샤를은 지그시 리오를 바라보며 잠시 묵묵히 이야기를 들었다. 리오도 조용히 지켜보고 있으니 곧 샤를이 불만스레 얼굴을 찌푸렸다.

그리고 잠시 후, 보고를 다 들었는지 리오에게 명령했다.

"……장소를 바꿔야겠다. 일어서."

"왜 장소를 바꾸죠?"

"취조하기 위해서다."

"그럼 여기에서 해도 되잖아요."

불친절한 샤를의 대답에 리오가 의문스러워 했다. 취조하는데 취조실을 나가려는 의미를 모르겠다.

"됐으니 일어서! 시간이 없다."

샤를이 위압적으로 말했다. 그러자 다른 기사들이 리오의 옆구리를 잡아 억지로 일으켜 세우려고 했다.

"직접 일어서겠습니다."

리오가 정색하고 재빠르게 일어나 옆구리를 잡은 기사들의 손을 자연스럽게 뿌리치려고 했다. 그러나 기사들은 리오를 놓아줄 생각이 없었다. 양쪽에서 팔을 단단히 붙들었다.

"도망치지 않을 테니 놓아주시겠어요?"

리오가 앞에 앉은 샤를에게 부탁했다.

"흠, 그렇군……."

샤를이 천천히 일어나 리오 앞으로 걸어가 리오의 두 팔을 구속한 기사들에게 명했다.

"양손을 내밀게 해라."

"알겠습니다."

기사들이 기민하게 대답하고 리오의 양팔을 억지로 들어 올렸다.

"야, 그만둬!"

리오가 바로 저항했으나 어린애의 힘으로 어른을 이길 리 없었다.

조금 전의 전투 때처럼 육체 강화와 함께 신체능력을 향상하면 간단하게 뿌리칠 수 있었을지도 모르나 갑작스러운 전개에 냉정히 대응하지 못했다.

그리고 설령 이 자리에서 샤를 일행을 뿌리쳤다 하더라도 공무집행방해로 정말 범죄자 취급을 받게 될 터였다. 그러면 리오가 냉정을 되찾았다 하더라도 신체를 강화하고 도주를 꾀했을 가능성은 적었다.

리오는 발버둥 쳤으나 어른들의 완력으로 간단하게 저지당했다. 샤를이 때를 놓치지 않고 손을 움직였다.

실내에 철컥하는 소리가 울려 퍼졌다.

"앗?"

리오가 멍하니 자신의 두 손목을 바라봤다. 그곳에는 금속제 수갑이 걸려 있었고, 견인용 사슬이 죽 이어져 있었다. 리오의 도주를 방지하기 위해서인지 기사가 그 사슬을 잡았다.

"서두르자. 저 꼬맹이를 데려와."

샤를이 이해하지 못한 리오에게 말했다.

리오가 사슬을 잡아끌려 연행된 곳은 축축한 습기가 감

도는 지하실이었다.

실내에 서늘한 공기가 감돌았다.

벽에 걸린 랜턴이 희미하게 빛을 밝혔는데, 신기하게도 랜턴의 광원은 불이 아닌 모양이었다. 조금 전까지 리오가 있었던 취조실에도 같은 랜턴이 있었는데 이 방에는 하나밖에 설치되어 있지 않아 어두침침했다.

출입구는 튼튼한 금속제 문이고 방구석에 침대가 있었으나 거주성이나 아늑함은 도외시하는지 바닥과 벽과 천장 모두 돌로 둘러싸였다.

게다가 실내에는 구속구 같은 것이 여러 개 있었고, 벽과 바닥 일부가 사람 피 같은 얼룩으로 여기저기 변색됐다.

이 방에서 무엇을 하는지, 싫어도 상상하게 만드는 광경이었다. 필시 거친 심문을 위해 만든 독방이리라. 리오는 그렇게 판단했다.

"어이, 왜 감옥에 들어가야 하는 거야?"

말투를 꾸미지 않고 조금 거칠게 불만을 제기했다.

"네게는 제2왕녀 전하 유괴사건 혐의가 있으니까. 취조를 위해 구류하는 게 당연하다."

"난 그런 짓 하지 않았어!"

리오가 분노를 담아 반론했다. 중요참고인이라고 말했다면 또 모를까, 명확하게 용의자로 다루는 건 뭐란 말인가.

"피의자는 모두 그렇게 말하지."

샤를이 부조리한 말로 가볍게 일축했다.

"웃기지, 으윽……."

리오가 불만을 제기하려고 하자 기사가 수갑에 연결된 사슬을 있는 힘껏 잡아당겼다.

리오의 몸이 균형을 잃고 바닥에 넘어졌다.

샤를은 리오를 내려다보며 큰소리로 선언했다.

"나는 네가 제2왕녀 전하 유괴에 깊이 관여했다고 판단했다. 따라서 지금부터 심문을 시작한다. 네게 묵비권은 없다. 내가 묻는 말에 솔직하게 대답해라. 침묵하면 아픈 꼴을 본다는 걸 기억해라."

"웃기지…… 마."

리오는 놀라서 말을 잃었으나 분노를 참지 못하고 강한 노기를 담아 샤를을 노려봤다.

"흥, 반항적인 눈이군. 과연 논리의식이 낮은 범죄자의 눈이다."

샤를이 이런이런 하며 과장되게 탄식했다. 원래 그런 건지 아니면 의도적으로 리오를 도발하려는 건지, 남을 놀리는 짜증스러운 행동이었다.

"먼저 네 입장을 가르쳐줄 필요가 있겠어. 해라."

샤를이 턱짓으로 기사들에게 지시를 내렸다. 그러자 기사가 수갑 사슬을 잡아당겨 천장에 달린 도르래에 걸고 높이를 조절해 리오를 매달기 시작했다.

"그만해!"

리오가 저항했으나 손은 멈추지 않았다. 아슬아슬하게

발이 닿을락 말락 하는 높이까지 두 팔이 매달렸고 손목에 온 체중이 실렸다.

아무리 몸무게가 가벼운 어린애의 몸이라고는 하나 리오의 양 손목에 상당한 부담이 실렸다.

리오가 고통으로 얼굴을 일그러뜨리자 샤를이 훗 하고 만족스러운 미소를 흘렸다. 어느새 손에 목제 곤봉이 들려 있었다.

"나도 난폭한 짓은 하고 싶지 않아. 네가 취조에 협력해 준다면 당장에라도 풀어주지. 먼저 네가 제2왕녀 유괴사건에 가담했다는 것을 인정해라. 어떤가?"

샤를이 곤봉으로 리오의 뺨을 쓸며 말했다.

"싫어. 그런 짓, 하지 않았어."

리오가 손목의 아픔을 견디며 샤를의 제안을 거절했다.

"무슨 일이 있어도?"

샤를의 질문에 리오가 침묵으로 대답했다.

그 순간, 샤를이 손에 든 곤봉으로 리오의 복부를 세차게 때렸다.

"컥, 헉……."

리오의 입에서 신음소리가 흘러나왔다.

샤를이 곤봉으로 리오의 복부를 부드럽게 문지르며 다시 물었다.

"너는 제2왕녀 유괴사건에 가담했다. 그렇지?"

"……나는, 아무 짓도, 안 했어."

"어리석군."

샤를이 연기하는 것처럼 한숨을 내쉬고 리오의 귓가에 입을 댔다.

"후회할 거다."

차갑게, 속삭였다.

◇ ◇ ◇

한편, 그 시각 벨트람 왕국 왕성 상층부에 있는 플로라의 침실.

"새액…… 새액……."

천개(天蓋)가 달린 호화롭고 큰 침대 위에 제2왕녀 플로라 벨트람이 평온한 숨소리를 내며 자고 있었다. 왕도 벨트란트의 풍경이 보이는 발코니 창문으로 부드러운 봄바람이 불어 들어왔다.

"《탐지마법》."

세리아가 주문을 외우자 손가에 빛나는 마방진이 떠올랐다. 그대로 가만히 눈을 감아 플로라의 몸에 손을 대고 집중했다.

잠시 뒤, 세리아가 눈을 뜨고 후욱 숨을 쉬었다.

"어떤 마술을 건 흔적은 없습니다. 의학은 제 전문이 아닌지라 뭐라 말씀드리기 어렵지만, 적절히 수분을 보충하고 쉬면 금방 회복하실 거예요."

세리아가 진단결과를 보고하자 바네사가 안도의 한숨을 내쉬었다.

　"세리아 군, 고맙네. 자네의 《디텍션》으로 봤을 때 이상이 없다고 하니, 플로라 님께 어떤 주술도 걸리지 않은 거겠지."

　바네사가 세리아에게 깊이 고개를 숙였다.

　"아뇨, 미력하나마 도움이 되었다니 기쁩니다. 이제 한숨 돌렸네요."

　"그래. 결국, 유괴범의 목적은 알아내지 못했지만……."

　"리오라는 아이에게 얻은 정보는 상당히 중요하다고 생각해요. 어쩌면 범인을 특정할 수 있을지도 몰라요."

　"……그 소년의 말이 사실이라면, 말이지."

　"그가 거짓말을 했다는 건가요?"

　세리아가 눈을 크게 뜨고 물었다.

　"아니, 물론 그렇지 않을 가능성도 있지만, 의심하는 게 직업병이거든."

　"저는 그 아이가 나쁜 아이 같지 않아요."

　"왕립학원 강사인 자네가 그렇게 말한다면 틀림없겠지."

　바네사가 미소 지었다.

　"아직 풋내기 강사지만요."

　수줍게 대답한 세리아가 무언가를 깨달은 듯 입을 열었다.

　"그러고 보니 크리스티나 님과 로아나 씨는?"

　"아, 권력남용과 무단외출로 지금쯤 폐하께 혼나고 있을 거다.”

바네사가 기가 막힌 표정으로 대답했을 때였다. 플로라가 눈을 뜨려는 조짐을 보였다.

“으…… 으응.”

“플로라 님!”

바네사가 기민하게 반응하고 말을 걸었다.

플로라가 살짝 눈을 떴다. 눈을 깜빡이고 멍하니 바네사의 얼굴을 쳐다봤다.

“바네사……인가요? 여기는…….”

“플로라 님의 침실입니다. 가벼운 탈수증상으로 쇠약해지셔서 정신을 잃으셨습니다. 자, 이것을.”

바네사가 테이블에 있던 금속제 물병과 잔을 들고 마실 것을 따라 플로라에게 건넸다.

“고마워요.”

플로라가 고마워하며 잔을 받아 천천히 입으로 기울였다. 잠시 후, 잔에서 입을 떼고 작게 숨을 토하더니 세리아를 보며 입을 열었다.

“어, 당신은?”

“세리아 크렐이라고 합니다, 전하. 왕립학원에서 크리스티나 님의 담당 강사를 맡고 있습니다.”

“당신이 언니의……. 말씀은 익히 들었습니다.”

“영광입니다.”

세리아가 황송해 하며 예를 올리자 플로라가 약하게 미

소 지었다.

"무엇이 어떻게 되었는지, 설명을 부탁해도 될까요? 저는 대체……."

"넷. 그건 제가 설명해 드리겠습니다."

플로라가 상황 설명을 요구하자 바네사가 설명하기 시작했다.

플로라에게 몇 분에 걸쳐 대강의 경위를 설명했다.

"─그렇게 되었습니다. 그 소년은 플로라 님을 보호했을 뿐이라고 주장하는데, 사실입니까?"

설명을 끝낸 바네사가 물었다.

"네. 기억이 희미하지만, 제 또래 아이에게 도와달라고 부탁했어요."

플로라가 꾸벅 수긍했다.

"그럼 그 소년의 이름이 리오가 맞습니까?"

"……미안해요. 이름은 물어보지 않아서, 몰라요."

플로라가 어두운 얼굴을 가로저었다.

"하지만 얼굴을 보면 알 수 있어요. 그분은 어디에 계시나요? 감사드리고 싶어요."

플로라가 이어서 말했다.

"……아마 지금은 취조를 받고 있을 겁니다."

"취조, 요? 어째서?"

플로라가 고개를 갸웃거리며 물었다.

"소년의 진술 내용이 진실인지 확인해야 하기 때문입니다."

"그럼 그를 이곳으로 불러주세요. 그 사람은 저를 구해 줬어요."

플로라가 리오의 결백을 증언하고 자신의 소망을 밝혔다.

그러나 바네사가 곤란한 표정을 지었다.

"그것은…… 아무리 그래도 이 방으로 부르는 건 어렵습 니다……."

"어째서죠?"

"그 소년은 일개 고아에 지나지 않으며 몸가짐을 정돈해 야 하고 폐하의 허가도 필요하며……."

"……그럼 어서 필요한 절차를 밟으세요. 그분을 구속하 는 건 허락하지 않겠어요."

플로라가 약간 강하게 부탁했다.

"넷, 알겠습니다. 공주님은 부디 쉬어주십시오. 몸에 안 좋습니다."

"알겠어요. 부탁해요."

"물론입니다. ……세리아 군. 미안하지만, 공주님의 말 상대를 부탁해도 되겠나? 나는 절차를 밟고 오겠네."

"네, 걱정하지 마세요."

"고맙네. 되도록 빨리 돌아오지."

바네사는 흔쾌히 고개를 끄덕인 세리아에게 감사하고 서둘러 리오가 있는 곳으로 갔다.

리오는 무척 초췌해졌다.

수갑이 파고들어 손목 피부가 찢어졌지만, 이제는 아프지도 않았다. 아니, 그보다는 온몸을 곤봉으로 얻어맞은 고통이 심해서 손목의 고통은 고통도 아니었다.

"이 빌어먹을 애송이가! 당장 유괴범의 정보를 토해!"

독방에 샤를의 노성이 울려 퍼졌다. 분노한 것과는 달리 상당히 초조한 목소리였다.

이유는 모르지만, 초조해하고 있다는 것 자체는 리오도 알 수 있었다. 상대방의 초조함을 읽어낸 지금은 꽤 냉정한 사고를 되찾았다.

그래도 상황은 나빴다. 이 방에 오고 나서 리오는 계속 고통에 시달리며 한 적도 없는 사실을 자백할 것을 강요당했다. 정신을 잃고 편해지지도 못하게 했다.

이제는 체력이 거의 남지 않아, 의지와 허세로 정신을 붙들고 있는 게 최선이었다.

하다못해 데미지를 줄이려고 신체를 강화해 육체 강도를 올리려고 시험해봤다.

그때의 느낌은 선명했다. 집중하면 곧 될 줄 알았다. 그런데 어찌 된 일인지 리오는 신체를 강화하지 못했다.

원인은 리오를 구속한 수갑이었다. 이 수갑에는 수갑을 찬 사람의 마력을 봉인하는 마술이 걸려 있었다. 리오는 마력과 마술에 대해 아무것도 몰랐지만, 예전 전투에서 한 신체 강화의 에너지원은 마력이었다. 이 수갑 때문에 마력을 몸 밖으로 방출할 수 없어서 신체 강화도 하지 못했다.

그래도 리오는 포기하지 않고 기회를 노렸다. 샤를이 초조해 하며 리오에게 자백을 재촉하는 것은 초조할 수밖에 없는 이유가 있기 때문이었다. 그런 상황에서 리오가 자백하면 샤를을 돕는 결과를 낳는다는 것은 쉽게 상상할 수 있었다.

그래서 리오는 절대로 폭력에 굴해 허위 자백을 하지 않겠다고 결의를 굳혔다.

"더 이상, 말할 게 없습니다."

"이 자식!"

샤를이 더는 못 참겠다는 듯이 곤봉을 휘둘렀다. 봐주는 것 없는 일격이었다.

"컥!"

얼굴을 맞은 리오의 코와 입에서 피가 흘렀다.

"부, 부단장님! 지나치게 하시면 죽고 맙니다."

묵묵히 심문을 지켜보던 기사 한 명이 황급히 샤를을 제지했다.

"시끄럽다! 이대로라면 내 입장이 곤란하다고!"

샤를이 히스테릭하게 소리쳤다.

"하, 하오나 독단으로 죽이면 괜히 입장이 안 좋아집니다. 지금도 위험한 다리를 건너고 있지 않습니까."

"그럼 어떡하라는 거지? 위험을 무릅쓰지 않고는 되돌

아갈 수 없는 상황이다! 지금 명예를 만회하지 않으면 너희도 길동무가 된다고!"

샤를이 소리치자 실내에 침묵이 내렸다.

현재 이 방에 있는 사람들은 모두 근위기사단 소속이었다. 그리고 모두 플로라 유괴사건의 영향으로 입장이 위험해진 자들이었다.

플로라가 누군가에게 납치돼 소란이 일어난 것은 어제의 일이었다.

벨트람 왕실에서는 봄의 연중행사로 나라의 번영을 비는 의식을 치르는데 플로라는 의식에 중요한 무녀라는 큰 역할을 맡게 됐다.

의식 전에 목욕재계하는 것이 전통이라 플로라는 옛날부터 성역으로 지정된 왕도 근방의 샘을 방문했다.

그러나 목욕재계할 때 무녀와 시종 외에는 성역에 들어가지 못하는 관습이 화가 되었다. 성역인 샘 주위에 근위기사단이 엄중한 경비를 서고 있었으나 샘이 숲 속에 있어서 경비에 틈이 생겼고 적의 침입을 허락하고 말았다.

플로라가 유괴된 것은 현장의 경비를 담당한 근위기사단의 실책이었다.

그리고 그 경비 중책을 맡은 사람이 이곳에 있는 멤버들이었다.

현재, 샤를은 근위기사단 부단장이라는 지위에서 실각할 위기에 놓였다. 그것이 두려워 추락한 명예를 회복하기 위해 공을 세워야 하는 상황이었다.

샤를은 바네사의 명으로 취조를 담당할 예정이었던 자에게서 억지로 일을 이어받아 리오의 취조를 강행해 자신의 공으로 삼으려고 했다.

필요하면 약간의 누명을 씌워 사실을 왜곡시키는 것도 염두에 놓고―.

모든 것은 자신의 처분을 조금이라도 가볍게 만들기 위한 행동이었다.

벨트람 왕국의 사법제도에 의하면 용의자가 한 자백은 무척 강한 증거능력이 인정돼서 자백하면 죄가 확정되는 것이나 다름없었다.

취조실에서 샤를 일행의 입맛에 맞는 자백을 날조해 리오에게 진술시키고 판결을 내릴 국왕 앞에서 같은 자백을 진술시키면 리오의 죄가 확정됐다.

설령 플로라가 눈을 떠 리오에게 도움 받았다고 진술하더라도 확정된 리오의 죄가 뒤집힐 가능성은 없는 거나 다름없었다. 그만큼 자백에는 중요한 증거가치가 있었다.

리오는 일곱 살 어린아이―. 샤를은 약간 겁을 주고 아프게 하면 금방 입맛에 맞게 자술할 것이라고 얕봤었다.

그러나 리오가 예상외의 담력과 인내력을 보여서 예정이 크게 엇나갔다. 보통은 취조시간에 제한이 없지만, 이번에는 시간제한이 존재했다.

승부는 플로라가 눈을 뜰 때까지다. 만약 플로라가 리오에게 도움 받은 것이 사실이라고 확정될 경우, 리오는 플로라의 은인이 되며 죄가 확정되지 않은 상태라면 거칠게 취조하지 못할 가능성이 컸다.

그러면 샤를이 억지로 리오에게 고문 섞인 심문을 강행하고 왕족의 은인을 괴롭혔다는 사실만이 남게 되는 것이었다.

앞으로 샤를의 처우를 둘러싼 상황이 호전되기는커녕 악화될 뿐이었다.

그래서 샤를은 굉장히 초조했다. 이제는 플로라가 언제 눈을 떠도 이상하지 않았다. 그러면 이 방에서 취조하고 있다는 걸 알아채는 것도 시간 문제였다.

그 전에 어떻게 해서든 리오의 자백을 받아내야 했다.

"……『예속의 목걸이』를 가져와."

샤를이 낮고 차가운 목소리로 말했다. 주위에 있던 기사들이 놀라서 눈을 동그랗게 떴다.

"버, 범죄자라고 확정되지 않은 사람에게 함부로『예속의 목걸이』를 사용하는 것은 중죄입니다."

『예속의 목걸이』란 상대의 자유의사를 구속해 쉽게 명령을 따르게 하는 마도구이다.$4아티팩트

목걸이를 한 사람은 등록자에게 명령받으면 그 명령에 따르려는 마음이 생긴다. 그리고 명령에 반하는 행동을 하거나 등록자가 특정 주문을 외우면 신체에 극심한 고통을 주는 효과가 있었다.

과거에 이 아티팩트를 사용한 악질적인 사건이 다수 발생한 역사가 있어서, 사용하려면 국법으로 정한 엄격한 조건이 필요했다.

예를 들어 노예와 범죄자 이외에는 사용할 수 없고, 실제로 사용하려면 나라에 보고해야 하는 식이었다.

이성을 잃은 샤를이 금기를 범하려 했다.

"시끄럽다! 됐으니 당장—."

샤를이 노성을 질렀을 때였다. 지하실 문이 거세게 열렸다.

실내에 있던 기사들이 움찔하고 문 쪽을 돌아봤다. 열어젖힌 문으로 모습을 드러낸 것은 리오를 성까지 연행한 여기사 바네사 에마르였다.

"……아르보 경, 이게 대체 무슨 일입니까?"

바네사가 실내 상황을 확인하고 눈썹을 찌푸리며 노기를 담아 물었다.

"……근위기사단 부단장의 권한에 입각한 정식 취조다."

샤를이 한순간 말을 찾지 못하다 얼른 기지를 발휘해 기죽지 않고 대답했다.

"저는 제 부하에게 취조를 맡겼습니다만?"

바네사가 항의하는 투로 물었다.

"그자는 급한 임무에 투입됐다. 한가하던 내가 대신 맡았네."

"……왜 근위기사단 부단장인 당신이 직접 취조하는 겁니까?"

"이번 건은 내 실책이기도 하니까. 내 나름대로 책임을 느꼈다. 무슨 문제라도 있나?"

샤를이 천연덕스럽게 대답했다.

"그 소년은 플로라 님의 은인일 가능성이 있으니 온건하게 취조하라고 전했습니다만?"

바네사가 허공에 매달린 리오를 보며 물었다.

"흠, 그렇게 말했지. 하지만 나는 이 꼬맹이가 왕녀 전하 유괴에 관여했을 가능성이 크다고 보고 있네."

샤를은 모르는 척했다.

"소년의 진술 이외에 범행을 추정할 증거가 있었습니까?"

"정황증거로 그렇게 판단했다. 가능성은 제로가 아닐 텐데?"

"……그렇습니다만, 플로라 님께서 일어나실 때까지 기다려야 했던 것 아닙니까?"

"그 부분은 서로의 견해차군. 전하의 은인이라면 거칠게 취조해서는 안 되나? 그렇게 되면 진실을 발견하기 어려워지네."

이렇게 말하면 저렇게 대답한다. 입을 잘 놀리는 남자라고, 바네사는 생각했다.

"……그는 플로라 님의 은인입니다. 유괴사건에 관여했다는 걸 확인했습니까?"

"다행이라고 해야 할지, 관여되지는 않았던 것 같다. 은인이 사실은 죄인이었습니다, 라는 말을 들으면 전하께서 마음 아프셨을 테지. 이야, 정말 다행이야."

샤를이 묘하게 연기하듯이 기쁨을 표시했다.

바네사도 샤를의 의도가 짐작이 갔지만, 지금 아무리 문답을 나눠봤자 뺀들뺀들 피할 게 뻔했다.

나중에 상층부에 의견서를 제출해 판단을 맡기는 수밖에 없었다.

"그럼 그 소년의 취조는 거기까지 해주십시오. 플로라 님의 은인이면 거칠게 다뤄서는 안 됩니다. 국왕 폐하께서도 만나려고 하실 겁니다."

"그런 거라면 이 자리는 기쁘게 파하도록 하지. 이봐, 수갑을 풀어줘라."

샤를이 명령하자 기사들이 황급히 리오의 수갑을 풀었다. 이제는 설 기력도 남지 않은 리오가 바닥에 쓰러졌다.

"우리는 이쯤에서 실례하지. 다른 사건이 있어서 말이야."

샤를 일행이 빠른 걸음으로 지하실을 나갔다.

"……미안하다. 당장 《치료마법》을 쓸 수 있는 마도사를 찾아오지. 설 수 있겠나?"

바네사가 엎어진 리오의 곁으로 다가와 말을 걸었다.

리오는 바네사의 목소리를 무시하고 홀로 일어서려고 했다.

"으윽……."

리오가 온몸에 강한 고통을 느끼고 바로 바닥에 누웠다.

"무리하지 마라. 뼈에 금이 갔을지도 모른다. 내가 옮길 테니, 가만히―."

바네사가 리오를 부축하려고 손을 뻗었다.

"만지지, 마……."

리오가 내밀어 진 손을 쳐냈다.

바네사가 충격을 받았는지 멍하니 자신을 손을 쳐다봤다.

"그, 미안하다. 《힐》을 쓸 수 있는 자를 이곳으로 불러오지. 얌전히 기다려줘."

바네사는 복잡한 표정으로 일단 자리를 떠났다.

〖 제 4 장 〗 ❖ 왕립학원 입학

바네사는 리오가 심문받은 지하실에 세리아를 데려왔다.

지금 경계심이 강한 리오에게 함부로 낯선 사람을 데려가는 것보다는 조금이라도 아는 사람을 데려가는 편이 낫다고 생각한 것이었다.

애초에 현시점에 리오와 면식이 있고 경계심을 품기 어려우며 치료마법을 쓸 수 있는 사람은 세리아밖에 없었다.

세리아는 흔쾌히 승낙하고 지하실로 내려왔다.

"어, 정신을 잃었네요."

체력적으로, 정신적으로 한계를 맞았는지 리오는 기절했다.

"고통과 피로와 스트레스로 한계에 다다른 모양이다."

바네사가 안타까워 얼굴을 흐렸다.

"으......."

리오의 입에서 신음이 흘러나왔다.

"......상처가 심각해요. 전신을 강하게 얻어맞은 것 같습니다. 잘못하면 뼈에 금이 갔을 수도 있어요. 당장 치료해야 해요."

세리아가 부드러운 손놀림으로 리오의 상의를 벗기고 촉진을 시작했다.

"부탁한다. 아르보 경이 심문하며 호되게 괴롭힌 것 같다."

"나쁜 사람이네요. 이렇게 어린아이에게. 평범하게 취조해도 됐을 텐데."

"추측이다만, 취조라기보다는 명분이었을 테지. 그는 이번 일로 근위기사단에서의 입장이 위태로워졌다. 조금이라도 공을 세우기 위해 혈안인 거다."

"……싫네요. 남자의 그런 체념 못 하는 점."

세리아가 중얼거리며 얼굴을 찌푸렸다.

"정말이다. 귀족일 경우에는, 특히나."

바네사가 쓴웃음을 지으며 동의했다.

"그럼 지금부터 치료하겠습니다. 《힐》."

세리아가 리오의 상태를 확인하고 치료주문을 외웠다. 그녀의 손바닥에 기하학 문양의 마방진이 떠올랐다. 부드러운 빛이 리오의 몸을 감쌌고, 상처를 치료했다.

"굉장하군. 쓰는 사람에 따라 효과에 차이가 난다고는 들었다만, 이렇게 훌륭한 《힐》 시전자는 궁전마도사 중에서도 드물어."

바네사가 조금씩 붓기가 가시는 것을 보고 감탄했다.

"……과찬이십니다."

세리아는 고개를 짧게 끄덕이고 심호흡하며 가만히 집중했다. 이윽고 치료가 끝났는지 마법 발동을 정지했다.

"일단 움직일 수 있을 정도는 회복했어요. 뭐, 자고 있지만요. 이제 침대로 옮기는 게 좋겠습니다. 푹 쉬게 해주죠."

"몸에 상처가 많은데…… 이건 오래된 흉터군. 슬럼가에서 학대라도 받았나?"

바네사가 리오의 상체에 있는 여러 개의 오랜 흉터를 발견하고 말했다.

"네, 아마도. 그런 흉터예요."

"흉터를 지울 수는 없나?"

"죄송합니다. 다친 직후라면 모를까 시간이 지나면 깨끗하게 치료하는 건 불가능해요."

"그런가……."

두 사람은 안타까움에 얼굴을 찌푸렸다.

"객실로 옮기지."

"네."

그리고 정신을 잃은 리오를 옮겼다.

리오는 왕성 객실에 있는 푹신한 침대 위에서 눈을 떴다.

"응……."

천천히 눈을 뜨자 낯선 천장이 눈앞에 펼쳐졌다.

'여기는…….'

누운 상태로 고개를 돌려 잠이 덜 깬 눈으로 실내를 확인했다.

넓고 깨끗한 방이었다. 천장이 높고 곳곳에 고급스러운 가구가 놓여있었으며 호화로운 인테리어로 공간을 클래식하게 연출했다.

리오는 상체를 일으켜 더 상세한 정보를 얻으려고 했다. 그러나 묘하게 나른해서 몸의 움직임이 둔했다. 일어나기를 단념하고 다시 침대에 등을 기댔다.

"어, 일어난 모양이네. 안녕. 기분은 어떠니?"

옆에서 머뭇거리는 소녀의 목소리가 들렸다.

리오가 소리가 들린 곳으로 눈을 돌리니 두 소녀가 가죽 소파에 앉아 있었다. 나이는 딱 2차 성장기 반 정도 된 것 같았다.

한 사람은 귀여운 귀족 옷을 입은 자그마한 여자아이로, 새하얀 머리카락을 등까지 길렀고 생김새가 마치 겨울요정처럼 사랑스러웠다.

다른 한 소녀는 짧은 금발에 체형은 아직 어린 티가 남았지만, 조각처럼 아름다운 외모를 가졌다. 복장은 이른바 급사복이라고 불리는 옷을 입었는데 흰색과 남색이 실로 고급스러운 분위기를 자아냈다.

두 미소녀는 잠든 리오 곁에서 차를 든 모양이었다.

"더 안정을 취해야 해. 마법으로 상처를 치료하긴 했지만, 약해진 체력까지 돌아오진 않았으니까. 그리고 마법으로 억지로 상처를 회복시킨 만큼, 그 반동으로 한동안 다쳤던 부위의 상태가 나빠지기 쉬워."

흰 머리 소녀가 말하며 소파에서 일어나 리오에게 다가왔다.

"어, 너는?"

리오가 침대에 누운 채 약간 경계하며 이름을 물었다.

"세리아야. 세리아 크렐. 슬럼가에서 잠깐 대화했었지? 그땐 후드를 쓰고 있었지만."

"아, 당신이……."

그러고 보니 들어본 목소리였다. 듣기 좋고 다정한, 따뜻한 목소리.

리오는 세리아가 그때 본 자그마한 사람이라는 걸 금방 깨달았다.

"후후, 잘 부탁해. 그리고 이쪽은—."

세리아가 뒤돌아 등 뒤에 서 있는 급사복 소녀를 소개하려고 했다.

"처음 뵙겠습니다. 아리아 가버네스라고 합니다. 왕궁에서 시녀로 근무하고 있습니다만, 이번에 리오 님의 시중을 들게 되었습니다. 부디 잘 부탁드립니다."

아리아라고 이름을 밝힌 소녀가 공손히 예를 갖추고 자기소개를 했다. 전혀 기복이 없는 사무적인 말투였지만, 듣는 사람에게 불쾌감을 주지 않고 정중했다.

"잘 부탁해요. 리오라고…… 합니다."

리오는 아리아의 말투를 참고해 어색하긴 하지만 예의 바르게 인사를 건넸다.

상대가 정중한 태도로 대해준다면 자신도 정중하게 대응하는 것이 리오라는 사람의— 아니, 아마카와 하루토라는 사람의 자세다.

"저기, 여기는 어디인가요?"

리오가 쭈뼛쭈뼛 물었다.

"성의 객실이야. 네가 기절해서 마법으로 치료하고 이 방으로 데려왔어."

세리아가 부드럽게 미소 지으며 설명했다.

"그렇……습니까. 고맙습니다."

리오가 복잡한 표정을 지으며 감사를 표했다. 눈앞에 있는 두 사람도 자신을 괴롭힌 사람과 같은 나라에 소속된 이상 방심할 수 없었고, 지하실에서 일어난 악몽 같은 사건을 떠올리면 자기도 모르게 마음에 가시가 돋쳤지만, 도움받은 것은 변함없었다.

"괜찮아. 이야기는 들었어. 오히려 내가 사과해야할 입장인걸. 험한 일을 당하게 해서 미안해."

세리아가 머리를 숙이고 마음 아파하며 사과했다.

고아인 리오를 향한 차별은 조금도 느껴지지 않았다. 그러고 보니 슬럼가에서 처음 만났을 때도 세리아만은 다정하게 대해준 것이 떠올랐다.

솔직히 지금 리오에게 왕후 귀족이라는 존재는 혐오스러웠다.

지금까지 만난 왕후 귀족 대부분이 위압적이고 불손한 사람뿐이었던 탓인지, 특권계급에 위치한 사람들에 대한 편견을 버릴 수가 없었다.

그러나 그중에는 세리아 같은 사람도 있었다. 그렇게 생각하면 왕후 귀족은 모두 나쁜 사람이라고 싸잡아서 판단하면 안 된다고, 리오는 아주 조금 인식을 고치기로 했다.

"딱히 당신이 잘못한 건 아니니까요."

리오가 고개를 숙이고 감정을 억누른 목소리로 말했다.

"아니, 하지만……."

세리아가 견디기 어려운 얼굴로 말을 잇지 못했다.

리오의 말대로 세리아가 리오에게 지독한 짓을 한 건 아니었다.

그래도 같은 나라 사람이 리오에게 부당한 처사를 한 것을 생각하면 세리아는 죄책감을 느끼지 않을 수 없었다.

"그보다 저는 이제부터 어떻게 되나요?"

"일단 내일이라도 국왕 폐하를 알현하게 될 텐데, 그 뒤의 일은 나도 몰라. 너는 플로라 님…… 제2왕녀 전하의 은인이니 나쁘게 대하지는 않을 거라 생각하지만……."

"폐하와 안 만나면 안 되나요?"

"응. 이번 일로 네게 정식으로 감사하지 않으면 안 되니까."

세리아의 설명에 리오가 미묘하게 눈썹을 찌푸렸다.

솔직히 이런 성에서 얼른 벗어나고 싶은 게 리오의 본심이었다. 더군다나 폐하를 알현한다니 당치도 않았다. 하지만 이곳이 성 안이고 상대가 일국의 지배자인 이상, 리오가 만나고 싶지 않다고 안 만나도 될 리가 없었다.

순식간에 이해한 리오가 무겁게 한숨을 내쉬었다.

"딱히 대단한 일은 하지 않았는데요…….."

"그럴 리가. 플로라 님의 부탁으로 이것저것 해줬잖아. 분명히 상을 내려주실 거야. 마음이 무거운 건 알겠지만, 받을 건 받아두는 게 좋아. 그렇지? 아리아."

세리아가 묵묵히 서 있던 아리아를 유도했다.

"그렇습니다. 마음은 알겠습니다만, 거절은 어렵습니다. 그럼 조금이라도 적극적으로 생각하는 편이 좋습니다."

아리아가 담담히 말했다.

"그래요. 확실히 그럴지도 모르겠네요."

리오가 체념하고 작게 미소 지었다. 외모나 나이에 어울리지 않는 어른스러운 미소에 세리아와 아리아가 눈을 살짝 크게 떴다.

"죄송한데 알현 예절을 가르쳐주지 않으시겠어요? 예법이라든가, 말투라든가. 아무것도 모르는 채로 폐하를 접견하는 건 있을 수 없는 일이죠."

리오가 부탁하며 고개를 숙였다.

"응, 물론이지."

"리오 님께서 바라시는 것이 제 일이오니."

세리아와 아리아가 각자 대답하며 리오의 부탁을 흔쾌히 승낙했다.

같은 시각, 벨트람 성 옥좌의 방.

국왕 필립 벨트람— 통칭 필립 3세가 앉은 옥좌 앞에 많은 귀족이 모였다. 모두 국정에 힘 좀 쓰는 자들이었다.

이 자리에 있는 귀족들은 세 파벌로, 각기 좌우로 나뉘어 모였다.

옥좌에서 보았을 때 오른쪽에는 제일 인원이 많은 아르보 공작 파벌, 왼쪽에는 두 번째로 인원이 많은 유그노 공작 파벌과 세 번째로 인원이 많은 폰테인 공작 파벌로 나뉘었다.

벨트람 왕국을 둘러싼 지금의 정치적 배경과 세력 관계를 간단하게 정리하면 다음과 같다.

먼저 국왕 필립 3세는 아직 서른 전으로 왕위에 오른 지 얼마 안 된 젊은 왕이다.

그 점이 화가 됐는지 선왕이 병사했을 때, 당시 중진이었던 아르보 공작에게 이리저리 휘둘리고 말았다.

아르보 공작은 선왕의 신뢰를 받아 근위기사 임명권을 갖고 있었는데, 선대의 죽음이 임박하자 임명권을 남용해 작위를 잇지 못하는 유력한 귀족 자제들에게 은혜를 입혔다. 그 결과, 아르보 공작은 근위기사단장이라는 위치에서 궁전 내에 막대한 영향력을 자랑하게 되었고 지금에 이르렀다.

필립 3세가 막 즉위했을 무렵에 작위를 세습한 유그노 공작과 폰테인 공작은 한 발 늦은 탓에 오랫동안 고초를 겪었다.

군부에 있으면서 집정에도 영향력을 가진 아르보 공작은 필립 3세뿐만 아니라 유그노 공작파와 폰테인 공작파에게도 눈엣가시 같은 존재였다.

시간이 흘러 권위가 오르자 우쭐해진 건지 아니면 본성을 드러낸 것인지, 근년 들어 상당히 불손해지기 시작한 아르보 공작의 대두가 상당히 문제시되었다.

그런 타이밍에 이번 플로라 유괴사건이 일어난 것이다.

왕족을 수호하는 근위기사단이 제2왕녀인 플로라의 유괴를 허용했다. 근위기사단장인 아르보 공작이 간과할 수 없는 거대한 실책이었다.

실제로 아들인 샤를이 현장에서 경비를 담당했으니 그 감독책임은 당연히 아르보 공작에게도 있었다. 아니, 책임이 있다기보다는 아르보 공작에게 책임을 지울 절호의 기회였다.

"이번 사건은 근위기사단의 질 저하를 나타내는 것 아니겠습니까?"

유그노 공작이 얼음장 같은 목소리로 말했다.

그의 파벌에 소속한 로던 후작이 찬동했다.

"맞습니다. 미천한 범죄자보다 못하다니, 방심이 조금 지나친 것 같습니다."

"경비는…… 만전을 기했다."

아르보 공작이 쩔쩔매며 변명했다. 그러나 실책을 보완

할 수 있는 변명이 존재할 리 없었다.

"경비에 만전을 기했다 하더라도 결과가 따르지 않으면 아무 의미도 없지요. 플로라 님께서 무사하셔서 다행이지만, 이번 일을 어떻게 책임지실 생각입니까?"

유그노 공작이 싸늘한 표정으로 책임을 물었다.

"……아직 유괴 주모자도, 본거지도 분명하지 않다. 책임지는 것은 그 뒤에 해도 늦지 않다."

아르노 공작이 벌레라도 씹은 듯한 표정으로 대답했다.

"무슨 말씀이십니까? 그렇기에 당장 책임을 져야 하지 않겠습니까."

"동감입니다. 조사는 근위기사단이 아니어도 할 수 있습니다. 무엇보다 적의 침입과 유괴를 놓친 지금의 근위기사단에게 맡겨서는 안 됩니다."

유그노 공작과 로던 후작이 물 만난 고기처럼 반론했다. 아르보 공작이 찌푸린 얼굴로 나이가 두 바퀴 돌 정도로 어린 유그노 공작과 로던 후작을 쳐다봤다.

'이, 머리에 피도 안 마른 것들이…….'

아르보 공작은 마음속으로 욕설을 퍼부었다.

"두 사람의 말이 맞다, 헬무트."

지금껏 조용히 언쟁을 지켜보던 필립 3세가 입을 열었다. 헬무트는 아르보 공작의 이름이다.

"폐, 폐하……."

아르보 공작이 쩔쩔맸다. 안색이 어두웠다.

"요즘 근위기사의 질이 저하됐다고 문제시되기도 했지. 이번 일로 근위기사단을 개혁할 필요가 있을지도 모르겠군."

필립 3세가 말하자 유그노 공작 파벌 사람들이 만족스럽게 고개를 끄덕였다.

폰테인 공작 파벌 사람들도 납득한 표정을 지었다.

"이후, 근위기사 임명권을 회수한다. 그대를 근위기사단 장에서 해임하고 현장 경비책임자였던 샤를에게는 강등처분을 내린다. 단장과 부단장이 공석이니, 단장에 알프레드 에마르를 취임시키겠다."

필립 3세가 처분을 밝혔다. 왕이긴 하나 선대가 한 번 내린 것을 이유 없이 거둬들이는 것은 어려웠다. 그러나 실책을 범한다면 이야기가 달랐다. 물론 사랑하는 딸이 유괴당한 것은 용서할 수 없는 일이나, 이번 사건은 그야말로 뜻밖에 찾아온 행운이었다.

"큭……."

아르보 공작이 자기도 모르게 얼굴을 찌푸렸다. 지금까지 노력해서 쌓아올린 일족의 번영이 한순간에 무너진 것을 생각하면 고성을 내질러도 이상하지 않았다.

그러나 과연 역전(逆戰)의 대 귀족인가, 아르보 공작은 감정을 억누르고 미소 지으며 바로 신하의 예를 갖췄다.

"분부대로."

이보란 듯이 미소 지은 유그노 공작을 보니 마음속에 시커먼 감정이 치솟았다. 그래도 아르보 공작은 미소를 잃지 않았다.

제멋대로 구는 것도 지금뿐이다. 언젠가 반드시 돌아올 것이다. 그때가 되면 이 굴욕을 몇 배로 갚아주마. 그리고 이번 사건을 일으킨 자를 절대 용서하지 않으리.

아르보 공작이 마음속으로 결의를 다졌다.

아르보 공작은 적대 파벌 중 누군가가 사건의 주모자라고 의심했다. 국왕에게 충성심이 높은 폰테인 공작파가 왕녀를 유괴했을 거라고 생각하기는 어려웠다.

가능성이 큰 것은 유그노 공작파였다. 그러나 설령 그렇다 하더라도 쉽게 본색을 드러내지는 않을 터였다. 객관적인 증거는 아무것도 없고, 유력한 정보원이라 생각한 암살자도 죽고 말았다.

우연히 사건 현장에 있었다는 리오라는 소년도 의심되기는 했지만, 유그노 공작이 전혀 초조해 하지 않는 걸 보면 관계가 없을 수도 있었다. 아르보 공작은 그렇게 생각했다.

"폐하, 리오라는 고아의 처우는 어떻게 하시겠습니까."

하지만 돌다리도 두드려보고 건너야 한다고 생각한 아르보 공작은 유그노 공작파의 반응을 눈여겨보며 물었다.

"흠, 사건 정보를 쥔 중요참고인이긴 하나, 플로라의 은인이기도 하다. 아무리 고아라 하여도, 예를 갖춰야겠지. 상을 내릴 생각이다."

"하오나 위험하지 않습니까? 녀석이 어디에도 소속되지

않았다고 생각하긴 어렵습니다."

"호오, 취조라면 그대의 아들이 **충분히** 했다고 들었다만. 설마 더 고문해서 자백을 받아낼 셈인가? 명확한 증거도 없이, 그럴 필요가 있다는 건가?"

필립 3세가 눈을 슥 가늘게 뜨고 물었다.

"물론 왕녀 전하의 은인에게 고문을 가하겠다고 한 것은 아니오니다. 하오나 그자가 결백하다는 증거가 없는 것도 사실입니다."

아르보 공작의 에두른 주장에 필립 3세가 얼굴을 살짝 찌푸렸다.

"그럼 어떡하라는 건가?"

"네, 저는 한동안 그놈을 감시해야 한다고 생각합니다."

"흠, 짐도 그리 생각했다. 플로라가 녀석에게 고마움을 많이 느껴서 꺼림칙하지만, 그럴 필요가 있겠지. ……가르시아."

필립 3세가 폰테인 공작파 그룹으로 시선을 보냈다.

"부르셨습니까."

그룹 안에서 노년 남성이 앞으로 나왔다. 곧은 허리에 온화한 외모를 가졌다. 사람들이 노인에게 조심조심 길을 열었다.

그의 이름은 가르시아 폰테인. 폰테인 공작가의 선선대 당주인데, 국왕의 직언자로 지금도 적지 않은 영향력을 가진 인물이다.

"이번 사건의 고아를 왕립학원에 편입시킬 생각이다. 그에 필요한 수속을 맡기고 싶다."

필립 3세의 말에 옥좌의 방이 적지 않게 술렁거렸다.

벨트람 왕립학원—. 연구기관으로도 교육기관으로도 벨트람 왕국 내에서 최고인 학술조직이다. 부유층을 위한 교육기관과 학원은 지방 도시에 여럿 존재하지만, 국가가 운영하는 학술조직은 벨트람 왕립학원을 제외하면 존재하지 않았다.

왕성과 인접한 곳에 있고 장대한 부지 면적을 자랑하며 초등부, 중등부, 고등부가 있으나 중등부 이후는 교육기관이라기보다는 전문분야 연구기관의 성격이 강했다.

무예, 마도, 학문 등 각 분야에서 매년 수많은 전문가를 배출하고 있고, 왕후 귀족 사이에서는 벨트람 왕립학원을 졸업하는 것이 일종의 자격이 되어 명실공히 입신출세의 등용문이 되었다.

입학시험이 있지만, 가문과 재력이 차지하는 부분이 커서 소속된 학생은 대부분 고위 왕후 귀족의 자제로, 평민에게 문을 개방한 역사는 없었다. 즉, 입학할 수 있는 것은 왕후 귀족의 자제 중에서도 극히 일부였다.

그런 권위와 전통 있는 교육기관에 출신도 모르는 고아를 편입시키겠다니, 실내에 있는 귀족들이 놀라는 것도 당연했다.

그러나 가르시아는 턱수염을 훑으며 홀로 납득한 표정

을 지었다.

"과연. 그 아이의 신병을 학원에서 맡으란 말씀이시군요."

"그렇다. 며칠 안으로 입학시키게. 부탁하네."

"분부대로. 마침 크렐의 딸이 학원에서 초등부 1학년 교사를 하고 있습니다. 그녀의 반에 편입시키겠습니다."

가르시아가 가슴에 손을 대고 깊이 고개를 숙였다.

그리고 리오가 필립 3세를 알현하는 날이 왔다. 옥좌의 방은 알현의 방이라고도 불리는데, 공식적인 왕의 알현은 이 방에서 행해졌다.

실내에 엄숙한 분위기가 감돌았다. 높은 천장과 화려하게 꾸민 넓은 직사각형 공간이 실내에 들어온 사람을 압도하는 권위를 과시했다.

출입구에서 정면으로 봤을 때, 방 제일 안쪽에 있는 단상에 국왕일가(국왕 필립 3세, 왕비 베아트릭스, 제1왕녀 크리스티나, 제2왕녀 플로라)가 한껏 치장한 모습으로 의자에 앉아 실내를 내려다보고 있었다.

언니 크리스티나는 어린 티 나는 얼굴을 의연하게 다잡았지만, 여동생인 플로라는 긴장했는지 표정이 조금 딱딱했다.

한편, 궁정에서 일하는 귀족들은 통로 양측에 정렬했다.

그들도 정장으로 몸단장했다. 그들은 앞으로 시작될 알현을 방청하기 위해 참석한 사람들이었다.

"지금부터 플로라 왕녀 전하를 구한 소년이 입장하겠습니다."

담당관의 신호가 정숙한 공간에 울려 퍼졌다. 알현의 방의 거대한 문이 천천히 열렸다. 실내에 있는 모든 사람이 문으로 시선을 보냈다.

그곳에는 검은 머리카락을 가진 한 소년이 서 있었다. 리오다. 머리카락을 잘랐는지, 아직 천진난만함이 남아있긴 하지만 단정하고 중성적인 날카로운 외모가 보였다.

이 나라에서 보기 드문 검은 흑발이 이국적인 분위기를 자아냈고 사람들의 시선을 끄는 단정한 외모와 맞물려, 실내에 있는 왕후 귀족들이 리오를 신기하게 쳐다봤다.

"저 아이가 플로라 왕녀 전하를 구한 아이인가."

"보기 드문 머리카락 색이군. 이민자의 아이인 모양입니다."

알현의 방이 술렁이는 와중에도 리오는 단정한 얼굴을 다잡고 옥좌까지 뻗은 붉은 융단 위를 침착하게 걸었다. 어린이용으로 만든 멋진 정장은 아직 어울리지 않는다고 할까, 다른 아이였다면 기를 쓰고 버티는 게 눈에 빤히 보였을 법한 상황이었다.

그러나 외견과 달리 리오의 표정은 무척 어른스러웠다. 리오와 같은 나이의 왕후 귀족 자제가 이 자리에 있었다면 긴장하고 굳어서 벌벌 떨어도 이상하지 않았을 텐데, 리오의 동작은 실로 침착했다.

리오의 당당한 태도에 감탄의 시선을 보내는 사람도 있었다.

"흥, 미천한 빈민 따위가……."

"뭐, 의외로 모양은 그럴싸하군요. 상황에 맞는 예법대로 움직이고 있어요."

"그것참 희한하군요."

그러나 리오를 보는 대부분의 시선에는 차별의식이 담겨 있었고, 소곤거리는 말소리가 퍼져나갔다. 리오는 그것들을 전부 무시했다. 서늘한 얼굴로 한 발, 한 발 천천히 걸었다.

단상으로 이어진 계단 앞에 도착한 리오는 그곳에 멈춰서 무릎 꿇고 머리를 숙였다. 그다음에는 배운 예법에 따라 가만히 말을 걸어주길 기다렸다.

"리오여, 고개를 들라."

국왕 필립 3세가 엄숙하게 고했다.

"네, 황송합니다."

리오가 공손히 대답하고 천천히 얼굴을 들었다. 올려다본 단상에는 국왕일가가 있었다. 제일 높은 곳에 있는 옥좌에는 필립 3세가, 한 단 아래에 있는 의자에 왕비 베아트릭스와 제1왕녀 크리스티나와 제2왕녀 플로라가 나란히 앉았다.

플로라는 묘하게 들떠서 수줍게 리오를 내려다봤다.

한편, 크리스티나는 허리를 곧게 세우고 의아해하며 리오의 얼굴을 빤히 쳐다봤다. 리오의 인상이 제멋대로 자란 머리카락을 싹둑 자르고 많이 바뀌었다는 것을 깨닫고 그러는 걸 수도 있었다.

크리스티나와 플로라는 연보라색 머리카락을 가진 미소녀였다. 한눈에 봐도 두 사람이 자매라는 것을 알 수 있는데 자아내는 분위기는 정반대라고 할 정도로 달랐다.

플로라가 동그란 보라색 눈을 반짝반짝 빛냈다. 하얀 피부가 살짝 홍조를 띠었다. 반대로 크리스티나는 불쾌한 듯 눈썹을 찌푸리고 리오와 시선이 마주치자 홱 고개를 돌렸다.

"딸을 구해줘서 고맙다. 대의(大義)로구나. 예를 표한다."

필립 3세가 거만하게 리오를 사사했다.

"과찬에 몸 둘 바를 모르겠습니다."

리오가 공손히 대답했다.

"꽤 능숙하구나. 알현 예법을 배웠는가."

"감히 드릴 말씀이 없습니다. 고식책으로 익힌 것에 지나지 않사오나, 불경을 저질러서는 안 된다고 말씀해주신 분들께서 힘을 보태주셨습니다."

리오의 말투에 필립 3세가 감탄한 표정을 지었다.

"그리 엄격한 예법은 신경 쓰지 말라고 했거늘, 마음가짐이 기특하구나. 듣자하니 그대는 슬럼가에서 산다던데,

이 나라에서 태어났나?"

"네. 저는 이 왕도 벨트란트에서 태어나 자랐습니다."

"호오, 그대의 양친은……?"

"아버지와 어머니는 나라를 건너 여행하는 모험가였다고 들었습니다. 머나먼 동방에서 이 지방으로 건너와 이나라에 정착하고 저를 낳았다고 하나, 두 분 다 여의었습니다."

"그렇군. 동방에서 온 이민자라. 그래서 그대가 슬럼가에서 살게 된 것이로군. 그 나이에 장렬한 과거를 가졌구나. 말하기 괴로운 것을 물었다. 용서하게."

"아니요. 이미 과거의 일입니다."

리오가 난처한 표정을 지으며 고개 저었다.

"그런가. 그럼 이번 일로 그대에게 상을 내리고자 한다만—."

필립 3세가 일단 말을 끊고 리오를 바라봤다.

"어떤가, 우리 벨트람 왕립학원 초등부에 특기생으로 입학하지 않겠나? 그대가 원한다면 입학 후의 일자리를 우대하고 양호한 성적을 내면 중등부 이후의 진학도 지원하지."

구체적인 내용을 입에 담았다. 리오가 갑작스러운 이야기에 눈을 동그랗게 떴다.

"그것은…… 감히 바라지도 못한 말씀입니다."

말은 그렇게 하면서도 리오는 살짝 망설이는 표정을 지었다.

분명 고아로 자란 리오는 이 세계의 교양과 상식이 압도적으로 부족했다. 전문적인 교육기관에 다닐 수 있다면 딱히 나쁜 이야기도 아니었다.

　그러나 이 세계의 문화 수준을 보면 벨트람 왕립학원에 다니는 학생들이 모두 왕후 귀족의 자제라는 것을 쉽게 상상할 수 있었다. 그런 곳에 신분도 지위도 없는 리오가 가면 어떻게 될까. 그것을 상상하니 마음이 무거워졌다.

　그러나 지금의 리오에게 선택지는 없었다. 거절한다고 순순히 놓아줄지도 알 수 없었고, 내일부터 어떻게 살아야 할 지도 분명치 않은 신세니까.

　"허락해 주신다면, 말씀 받잡겠습니다."

　리오는 머릿속으로 순식간에 계산을 끝내고 얌전히 상을 받아들였다.

　필립 3세가 고개를 깊이 끄덕였다.

　"음, 그럼 정해졌군. 입학부터 졸업까지 필요한 비용은 모두 이쪽에서 부담한다. 그와 별도로 금화 백 장의 상을 내리지."

　실내에 약간 소란이 일었다. 파격적인 대우였다.

　시장에 유통되는 통화는 소동화, 대동화, 소은화, 대은화, 금화, 마금화 여섯 종류인데, 소동화에서 금화까지 각 통화의 상하 교환비율은 10이다.

　즉, 소동화 열 장으로 대동화 한 장을, 대동화 열 장으로 소은화 한 장을 교환할 수 있는 것이다.

단, 마금화는 취급이 특수해 시장에 유통되는 양이 적어서 통상 거래에서 이용하는 최고가치 통화는 금화였다.

벨트람 왕립학원 초등부 입학금은 금화 열 장, 연간 수업료는 금화 30장이다. 즉, 첫 해 비용으로 총 금화 40장이 들고, 그 다음부터는 연간 금화 30장이 든다.

영지를 가지지 않은 귀족의 평균적인 연 수입이 금화 40장이라는 것에 비교해보면 그 가치를 알 수 있었다.

애초에 왕후 귀족 중에서도 차별주의로 굳은 사람들에게, 전통 있는 벨트람 왕립학원에 미천한 고아를 입학시키는 것 자체가 달갑지 않은 사태였다. 거기에 더해 거금을 준다니 반감을 품지 않을 리 없었다.

"……각별한 후의에 감사를 금치 못하겠습니다."

리오는 어렴풋이 실내 분위기가 변한 것을 알아챘으나 무시하고 깊이 고개를 숙였다.

벨트람 왕립학원 학원장실은 본 교사 첨탑 최상층에 있었다.

학원장인 가르시아 폰테인은 초등부 1학년 담임 강사인 세리아 크렐을 자신의 학원장실로 불렀다.

세리아가 학원장실에 들어가니 가르시아는 방 안에 있는 중후한 집무의자에 앉아있었다. 뒤에 있는 발코니로 왕도 벨트란트의 풍경이 펼쳐졌다.

"폰테인 학원장님, 실례합니다. 부르셨습니까?"

"음. 잘 와주었네."

세리아가 인사하자 가르시아가 과장되게 고개를 끄덕였다.

얼굴에 새겨진 주름이 그의 나이를 나타냈다. 그러나 가르시아는 연로했음에도 젊디젊은 패기가 있는 노인이었다.

"자네를 부른 것은 다름이 아니라 지난번 알현 때 편입이 정해진 고아 때문이네."

"리오 말씀이세요?"

"그러하네. 그를 자네가 담당한 반에 입학시키기로 했네."

"그렇군요. 알겠습니다."

일반 강사라면 귀찮은 일의 씨앗이 될만한 고아를 자기 반에 편입시키는 것을 꺼리는 게 당연했다. 그러나 세리아는 딱히 이견도 제기하지 않고 승낙했다.

"자네는 아직 젊고 강사가 된 지도 얼마 안 됐지만, 기대하고 있어. 부탁하네."

"네. 기대에 부응하도록 노력하겠습니다."

세리아가 야무지게 표정을 다잡고 대답했다.

"흠, 그리고 본론은 지금부터인데……. 세리아 군, 그 고아와 만나보니 어땠나? 보고 느낀 것을 솔직하게 말해주게."

"그렇군요……. 어른스럽다고 할까, 꽤 총명한 아이라고 생각했습니다."

세리아가 잠시 생각하고 대답했다.

"호오, 예를 들어 어떤 점이 말인가?"

가르시아가 관심을 보이며 물었다.

"일단 자신이 놓인 상황을 제대로 이해했습니다. 그리고 자신에게 부족한 것을 의욕적으로 배우려는 자세도 보였습니다. 통찰력, 순응력, 학습능력 등이 상당히 뛰어난 것 같았습니다."

세리아가 리오의 인상을 정연히 대답했다.

"흠. 왕녀 유괴사건에 휘말려 성으로 끌려왔다. 취조로 고문 섞인 처사를 당했다. 상이라는 이름의 명령을 받고 왕립학원에 강제로 편입됐다. 그 부분에 불만을 품은 모습은 보이지 않았나?《발화마법》."

가르시아가 질문하며 주문을 외웠다. 손가락 끝에 작은 마방진이 떠오르고 불이 피어올랐다. 입에 문 파이프에 불을 붙이고 숨을 들이마시자 뭉게뭉게 연기가 피어오르기 시작했다.

"얼굴을 찌푸리기는 했지만, 불만을 입에 담은 적은 없었습니다."

"그렇구면."

가르시아가 연기를 뿜었다. 그리고 가만히 공중을 떠도는 연기를 바라보고 근심스러운 표정을 지었다.

"저, 리오에게 무슨 일 있나요?"

세리아가 대화 의도를 파악하지 못하고 물었다.

"그냥, 그다지 어린아이답지 않은 반응이 아닌가 싶어서 말이네."

가르시아가 설명이 부족한 대답을 했다.

"어린아이답지 않은 반응, 이요?"

세리아가 머리 위에 물음표를 띄운 듯이 고개를 갸웃거렸다.

"음, 예를 들어 세리아 군. 자네라면 갑자기 억지로 감옥으로 끌려가 모르는 남자들에게 난폭한 짓을 당한 뒤에 무사히 풀려나면 무슨 생각이 들까?"

"……최악이네요. 틀림없이 트라우마가 될 겁니다. 인간 불신이 될 수도 있고요."

세리아가 비통한 표정으로 대답했다. 자신을 대입해 상황을 상상해보니, 생각했던 것 이상으로 비참하게 느껴졌다.

"그런 걸세. 자네가 여자라서 더 끔찍하게 느꼈을 수도 있으나 그게 어린아이다운— 아니, 사람다운 반응이 아니겠나? 부당한 처사를 한 상대를 미워하고 증오하는 말 한마디도 하지 않아. 개중에는 입장을 고려해 감정을 억누르는 냉정한 사람도 있지만, 성인 중에도 그런 사람은 적어."

가르시아가 묘하게 의미심장한 말을 했다. 세리아가 눈을 가늘게 떴다.

"……즉, 무슨 말씀이신가요?"

"그냥 자네의 말을 들어보니, 그가 평범한 어린애다운 반응을 보이지 않는다고 생각했을 뿐이네. 알현 때 보여준 예법도 벼락치기로 익혔다고 생각하기 어려웠어."

"그것은, 제가 필요한 예법을 가르쳐줬으니까요. 처음에는 아무것도 모르는 상태였습니다."

자기도 모르는 사이에 살짝 울컥한 세리아가 리오를 감싸듯이 대답했다.

"음, 듣자하니 소년이 예법을 가르쳐달라고 부탁한 모양이군. 그런데 평범한 어린아이는 그런 부분까지 신경 쓰지 못해."

"그래서 총명한 아이라고, 생각했습니다만."

에둘러 말하는 가르시아에게 세리아가 딱딱한 목소리로 끼어들었다.

"분명 총명한 아이일지도 모르네. 크리스티나 왕녀나 나이 열두 살에 천재라는 말을 듣는 자네 같은 사람도 있어. 슬럼가라는 가혹한 환경이 그를 그렇게 키웠다고 해도 이상하지 않아. 그것이, 어쩌면―."

말을 끊은 가르시아의 얼굴에서 표정이 사라졌다.

"어쩌면, 무엇입니까?"

세리아가 진지한 표정으로 물었다.

"아니, 아무것도 아니네. 그는 앞으로 많은 고생을 할 것 같네. 담임인 자네가 슬며시 신경 써줬으면 해. 뭔가 신경 쓰이는 점이 있으면 내게 보고하게나. 자네라서 부탁하는 일이야."

가르시아가 유연한 미소를 지으며 말했다.

"예, 그건 괜찮습니다만……."

뭔가에 홀린 것 같은지 세리아가 아직 납득하지 못한 표정을 지었다.

"물론 자네가 연구로 바쁜 건 이해하네. 요 며칠 성을 나갔던지라 진행이 늦어졌겠지. 어디까지나 연구에 지장이 없는 범위 내에서 부탁하네."

"……네. 알겠습니다. 더 하실 말씀은 없으십니까?"

무슨 생각을 하는지 신경 쓰였지만, 물어도 대답해줄 리 없었다. 세리아는 얼른 이곳을 떠나고 싶었다.

"그래, 이제 가도 좋네."

"그럼. 실례하겠습니다."

세리아가 꾸벅 허리를 숙이고 발을 돌렸다.

'이 사람은 너무 어려워.'

작게 탄식하고 그런 생각을 했다.

리오는 벨트람 왕립학원 교복을 입고 담임인 세리아의 안내를 받아 학원 내 복도를 걸었다. 강사라기에는 약간 의지하기 어려운 자그마한 등을 쫓았다.

"교복 착용감은 어때?"

세리아가 걸으면서 뒤에 있는 리오를 보고 물었다.

"나쁘지 않아요. 재질도 튼튼한 것 같고 굉장히 움직이기 편하네요."

리오가 대답하고 착용감을 확인하듯이 가볍게 두 팔을 움직였다.

"역대 학생들의 요청으로 만든 특제품이거든. 전투복이기도 해."

"그렇구나. 그래서 기사복 같은 디자인이군요."

"맞아. 멋지지? 여학생 교복도 귀여워."

세리아가 살짝 익살스러운 미소를 지으며 말했다.

"아하하."

리오가 어떻게 반응해야 할지 몰라 쓴웃음을 지었다. 여학생 교복이 기대되는지 어떤지는 제쳐놓고, 벨트람 왕립 학원 교복은 정말 멋있었다.

리오가 말한 대로 기사복 같은 디자인에 남자는 바지, 여자는 치마, 남녀 차이에 맞춰 디자인에도 차이가 있었는데, 성능은 크게 차이가 없었다.

"도착했어."

대화하며 걷는 사이, 세리아가 한 교실 앞에 멈춰 섰다.

문 너머로 소란스러운 분위기가 전해졌다. 안에는 만만치 않은 대세 왕후 귀족 자제가 조회 전 이야기꽃을 피우고 있을 터였다.

'여기인가.'

리오는 여기까지 걸어오며 머리에 때려 넣은 교내 지리를 대조해 교실까지 오는 경로를 떠올렸다. 내일부터는 헤매지 않고 이 교실에 올 수 있을 것 같았다.

"그다지 긴장하지 않은 것 같네."

"아니에요."

리오가 살짝 어깨를 움츠리며 부정했다.

"그래? 그런 것치고 무척 서늘한 얼굴을 하고 있는데."

"슬럼가에 있었을 때부터 감정이 얼굴에 나오지 않는 녀석이라고 자주 들었어요."

리오가 쓴웃음을 지으며 대답했다.

"그랬구나…… 그래, 이제 들어갈까?"

세리아가 문을 열었다.

그 순간, 담소가 흐르던 교실 안이 물을 끼얹은 것처럼 잠잠해졌다.

"여러분, 안녕하세요. 오늘 우리 반에 편입생이 왔습니다. 리오, 들어오렴."

세리아가 말하며 터벅터벅 교실 안으로 들어가 교단에 섰다.

"실례합니다."

리오가 가볍게 허리를 숙이고 교실에 들어가 세리아의 뒤를 쫓았다.

교실 안은 넓었다. 마치 작은 홀 같았다. 교단이 설치된 교실 앞에서 뒤까지 바닥이 계단처럼 경사져있고, 고정식 책상과 의자가 늘어서 있었다.

학생 수는 한 반에 40명 정도인가. 1학년은 총 세 반이었다.

리오가 교단에 서자 교실 안에 있는 학생들의 시선이 꽂혔다. 여기저기에서 술렁술렁 소곤거림이 퍼져나갔다.

"헤에, 저 녀석이 고아 편입생인가."

"고아? 그런 놈이 이 영광스러운 왕립학원에 입학할 수 있어?"

"응. 아버지께 들었는데 공을 세워 왕립학원 입학을 허락받았다나 봐."

"……뭐가 잘못된 거 아니야?"

남학생들이 신기해하며 대화했다. 고아가 편입한다는 소문이 벌써 퍼진 모양이었다.

한편 여학생들의 반응은—.

"흑발이라니 신기하네요."

"네, 어떤 짐승이 올까 싶었는데 말이에요."

"의외로 귀엽게 생기지 않았어요?"

"여장시켜서 가발이라도 씌우면 여자애처럼 보일 것 같네요."

"으음— 얼굴은 나쁘지 않지만, 고아인 걸요."

주로 리오의 외모에 대해 이것저것 평가했다.

남자고 여자고 밉살스러운 반응이었다. 이미 신분사회를 사는 귀족의 가치관이 주입된 모양이었다. 리오를 향하는 시선에는 차별적인 감정이 담겨 있었다.

"자, 여러분 조용히 해주세요. 지금부터 자기소개를 하겠어요."

세리아가 교실을 둘러보며 작게 탄식하고 말했다.

리오가 학생들의 소곤거림이 그친 것을 확인하고 한 발 앞으로 나갔다.

"리오라고 합니다. 이번에 국왕 폐하의 각별한 배려를 입어, 황공하게도 이 배움터에 다닐 수 있게 해주셨습니다. 부족한 점이 많으나 여러분께 폐를 끼치지 않도록 노력하겠습니다. 잘 부탁드립니다."

깊이 예를 갖추고 자기소개를 했다.

실로 무난, 하다기보다는 일곱 살치고는 지나칠 정도로 정중한 자기소개였다.

귀족 자제를 상대로 자기소개하려면 비굴한 정도가 딱 좋을 거라며 세리아의 도움도 받아 작성한 인사말이었다.

과연 예상은 틀리지 않았다.

"뭐, 최소한의 예의는 갖춘 것 같군."

"그러게. 사용인 정도의 입은 놀릴 수 있나 봐."

"고아는 저렇게 말하는구나."

일단 말투로 노여움을 사지는 않은 것 같았다.

그래도 박수 하나 나오지 않았다. 마치 진귀한 짐승이라도 보는 듯한 말투에, 리오를 대놓고 내려다보며 관찰했다.

아무리 오늘부터 왕립학원 학생이 됐다고는 하나, 바로 최근까지 고아였던 리오는 어디까지나 눈 아래의 존재였다. 대등한 존재가 아니었다.

'이런 곳을 적어도 6년은 다녀야 하는 건가……'

참으로 있기 불편한 공간에 리오는 마음속으로 한숨을 내쉬었다. 의식주로 곤란하지는 않겠지만, 앞으로의 생활을 생각하면 우울해졌다.

'그래도 슬럼가에 있는 것보다는 나아. 도움이 될만한 건 전부 배우자.'

그러지 않으면 이 학원에 다니는 의미가 없었다.

리오는 교양의 필요성을 **몸으로** 이해하고 있는 셈이었다. 지식과 기술이 없으면 장래에 고를 수 있는 직업이 한정되고, 사는 동안 언제 도움이 될지 몰랐다.

본의 아니게 일이 이렇게 흘러간 것이긴 하나, 이 학원에 다니게 된 이상 이 메리트를 최대한 유효하게 활용해야만 했다.

리오는 고개를 들고 가볍게 교실 안을 둘러봤다.

'……응?'

교실 안에서 시선을 보내는 학생들 속에서 낯익은 얼굴을 발견했다.

위치는 교실 뒤쪽 창가ㅡ. 그 사람은 연보라색에 긴 스트레이트 머리카락을 머리핀으로 느슨하게 고정했다. 그 옆에는 세로로 말린 금발을 가진 귀여운 여자아이가 앉았다.

연보라색 머리의 소녀ㅡ 크리스티나 벨트람은 리오와 눈이 마주치자 "흥." 하고 작게 코를 울리고 고개를 돌렸다. 알현했을 때도 느낀 건데, 꽤 미움받는 모양이었다. 그도 그럴 것이 첫 만남이 그러했으니, 당연한 일이었다.

'연관되지 않는 게 최고야. 저쪽도 그렇게 생각하겠지.'

크리스티나가 리오에게 좋은 감정을 품지 않은 것은 확실했다. 리오도 크리스티나와 연관되고 싶은 마음은 요만큼도 없었다.

"오늘부터 리오도 이 반의 일원이 되었습니다. 익숙하지 않을 테니 뭔가를 물어보거나 곤란해 하면 도와주세요. 사이좋게 지내요."

세리아가 교실 안에 감도는 묘한 분위기를 없애려고 밝게 말했다.

그러나 학생들은 대답하지 않았다. 세리아가 조그맣게 탄식했다.

"……그럼 리오, 적당히 빈자리에 앉겠니? 그곳이 지정석이 될 거야. 난 제일 앞자리를 추천해."

그 편이 세리아도 살피기 편했다.

"알겠습니다. 그럼……."

리오가 교실 앞에 있는 빈자리로 이동해 앉았다.

"그럼 오늘은 특별한 연락사항이 없으니 바로 수업을 시작하겠어요."

◇ ◇ ◇

벨트람 왕립학원은 과목마다 담당하는 강사가 달라서,

담임 강사라고 해도 모든 강의를 맡지는 않는다. 그러나 다행이라고 해야 할까, 리오가 벨트람 왕립학원에서 처음으로 수강하는 산술 강의는 세리아 담당이었다.

"입시시험에 합격한 여러분이라면 간단한 사칙계산은 이미 할 수 있을 거라고 생각하니, 오늘은 조금 어려운 문제를 풀어볼까요?"

세리아가 교단 위에 서서 큰 석판에 문제를 적었다. 다루는 내용은 일본 초등학교 저학년 학생이라면 풀 수 있는 간단한 문제였다.

"그럼 지금부터 석판에 쓴 문제를 풀어보세요."

세리아가 몇 가지 문제를 석판에 적고 말했다. 학생들이 바로 깃펜을 들어 문제를 풀기 시작했다. 그 모습을 확인하고 세리아가 리오의 앞으로 이동했다.

"리오, 네 실력이 아직 파악이 안 돼서 확인하고 싶은데, 석판에 적은 문제가 이해되니?"

"죄송합니다. 애초에 글자를 못 읽어요."

세리아의 조용한 질문에 리오가 대답했다.

"그렇구나. 문자와 숫자부터 가르칠 필요가 있겠어."

세리아가 괴로운 표정을 짓고 잠시 생각에 잠겼다.

"그럼 개별지도를 해줄 테니 방과 후에 내 연구실…… 도서관이 있는 탑 지하로 올래? 오늘은 이대로 수업을 받아줘."

반 전체 진행 상황의 균형을 생각해 그렇게 말했다.

"네. 알겠습니다."

리오는 순순히 결정에 따랐다. 자기 한 사람을 위해 수업 진행을 늦추는 것은 리오도 바라는 바가 아니었다. 수업은 착착 진행됐고 1교시 산술 시간이 끝났다.

◇ ◇ ◇

1교시 강의가 끝나고 지금은 쉬는 시간이다.

세리아는 다음 강의를 위해 교실을 나갔고, 실내에는 학생들만 남았다.

그러자 실내에 이상한 분위기가 감돌기 시작했다. 교실 앞자리에 홀로 앉은 리오를 둘러싸듯이 빈자리가 생겼고, 무수한 시선이 내리꽂혔다.

소곤소곤소곤소곤.

"저 녀석, 산술 못하는 모양이야. 수업 중에 계속 듣기만 했어."

"아— 그거겠지. 저 녀석 시험 안 보고 들어왔잖아."

"고아잖아, 고아. 제대로 된 교육을 받았을 리 없어. 아예 글자도 못 읽는 거 아니야?"

"우와아, 왜 저런 녀석을 이 학원에 넣은 거지?"

원래라면 볼 일도 없는 고아라는 존재가 신기한지 학생들이 리오를 쳐다보며 작은 목소리로 이야기했다.

그리고 키득키득 비웃는 소리가 들렸다.

'조만간 질리겠지.'

바늘방석에 앉은 것처럼 불편했지만, 이 정도는 무시할 수 있었다. 당분간 이렇게 구경거리가 될 테지만, 시간이 흐르면 아무도 신경 쓰지 않을 거라 생각하고 리오가 작게 숨을 뱉었다.

"저기, 잠깐 괜찮아요?"

그때, 여유 있게 교실 뒤에서 통로를 내려와 리오에게 말을 거는 소녀의 목소리가 들렸다. 들어본 목소리였다. 그것도 아주 최근에.

리오의 시선이 목소리의 주인을 향했다. 그곳에는 크리스티나 옆에 앉은 세로로 말린 금발의 귀여운 소녀가 서 있었다.

소녀는 반짝 뜬 강인한 눈으로 리오를 기가 막힌다는 듯이 보고 있었다.

'혹시 슬럼가에서 크리스티나 왕녀와 함께 있었던 애인가?'

소녀의 목소리와 말투가 낯익어서 리오는 그렇게 짐작했다. 로브를 뒤집어쓰고 있어서 얼굴은 몰랐지만, 분명 이름이 로아나라고 했다.

"무슨 일이시죠?"

"『무슨 일이시죠?』가 아니에요. 조금 전의 강의는 어떻게 된 거죠?"

로아나라고 생각되는 소녀가 요란하게 한숨을 쉬고 또랑또랑하게 말했다.

"……죄송합니다. 무슨 말씀이신가요?"

리오가 의도를 파악하지 못하고 고개를 갸웃거렸다.

"최소한의 말투는 염두에 둔 것 같지만, 당신 숫자도 못 읽죠?"

"네."

리오가 태연히 수긍했다. 그러자 소녀가 눈썹을 추켜세웠다.

"웃기지 마시죠? 이 벨트람 왕립학원은 유서 깊은 전통과 격식을 자랑하는 배움터예요. 우리는 모두 난관인 시험을 돌파하고 이곳에 있는 거예요. 그런데 당신은 글자조차 못 읽는다니, 원숭이나 다름없군요."

소녀가 분개했다. 옆에서 찬동하는 목소리가 끼어들었다.

"이야, 정말 로아나 아가씨의 말이 맞습니다."

말을 건 사람은 잘생긴 미소년이었다. 리오와 소녀— 로아나가 끼어든 소년에게 눈을 돌렸다.

"뭔가요? 알폰스. 지금은 제가 이야기하고 있는데요."

말허리를 잘려 기분이 상했는지 로아나가 눈을 가늘게 뜨며 물었다.

"이거 실례. 지저분한 하층민이 눈에 들어오기만 해도 불쾌한데 설마 이 벨트람 왕립학원에 입학할 줄이야, 그야말로 악몽 아닙니까?"

알폰스라고 불린 소년이 차갑게 말했다.

"이 사람이 학원에 입학하게 된 것은 국왕 폐하께서 결정하셨기 때문이에요. 당신이 이의를 제기하는 거라면, 번 지수를 잘못 찾았어요."

"네. 말씀하신 대로입니다. 하지만 그렇다고 이 녀석이 착각하는 것도 달갑지 않습니다. 그래서 이 자리에서 확실하게 해두려고 합니다."

알폰스가 입가에 아니꼬운 미소를 지으며 동의하고 교실 안에 있는 학생들을 둘러봤다.

"무슨 말이죠?"

로아나가 의아해하며 물었다.

"대등해졌다고 생각하지 말라는 거지요. 이곳에 있는 건 왕후 귀족의 자제 중에서도 선택된 사람뿐입니다. 착각한 하층민이 버릇없이 접근하면 불쾌하거든요."

알폰스가 모멸감을 감추지 않고 리오를 노려봤다. 이렇게 차별감정이 강한 상대에게는 무슨 말을 한들 소용없을 터였다.

적당히 몸을 낮추는 말을 늘어놓으면 만족할까— 그런 생각을 하며 리오가 표정 하나 바꾸지 않고 시선을 받아냈다.

"그런 송구한—"

"너한테 발언 허가한 적 없어, 하층민. 귀족의 대화에 끼어들지 마. 불쾌하다."

리오가 입을 열자 기다렸다는 듯이 알폰스가 의기양양한 미소를 지으며 말을 잘랐다. 한순간 교실 안이 가라앉았다.

그다음, 키득키득 차가운 웃음소리가 여기저기에서 흘러나왔다.

그런 학생들의 반응을 보며 알폰스가 만족스럽게 미소 지었다. 리오는 희미하게 차가운 미소를 지으며 입을 다물었다.

"알폰스, 이제 됐겠죠? 놀리러 온 거라면 어서 돌아가세요."

로아나가 기가 막힌 목소리로 말했다.

"네, 그럼. 실례했습니다."

알폰스가 고개를 끄덕이고 만족한 얼굴로 타박타박 교실 뒤로 돌아갔다.

로아나는 리오를 보고 다시 입을 열었다.

"이야기를 계속하죠. 단도직입적으로 말해서 지금의 당신은 이 학원에 어울리지 않아요."

"죄송합니다. 배운 게 없는 몸인지라."

"그런 것 같네요. 하지만 당신의 이해가 늦으면 늦을수록 우리의 발목을 잡는 게 되고, 학원의 이름에도 먹칠을 하는 거예요."

겸손도 뭣도 아닌 리오의 말을 로아나가 그대로 긍정했다.

"말씀하신 대로입니다."

"그럼 조금이라도 노력하세요. 그리고 결과를 남겨요. 이 벨트람 왕립학원은 학기 말에 시험을 치르니까요. 제가 하고 싶은 말은 이것뿐이에요."

"알겠습니다. 여러분의 짐이 되지 않도록 노력하겠다고 맹세하겠습니다. 로아나 님, 신경 써주셔서 감사합니다."

리오가 예를 늘어놓고 예의 바르게 머리를 숙였다.

"됐어요. 이것도 크리스티나 님 대리로 이 반 대표를 맡은 제 책무이니까요. 그 때문이 아니어도 평민을 이끄는 것은 귀족의 임무예요."

진심으로 하는 말일 테다. 반 대표로서, 귀족으로서, 로아나는 리오를 이끌려고 했다. 그런 사명감과 책임이 느껴졌다. 그래서일까, 리오는 로아나의 발언 속에 알폰스만큼 악질적인 적의는 담기지 않은 것 같다고 느꼈다.

첫 강의를 받은 날 방과 후, 리오는 강사의 연구실이 있는 도서관 탑을 방문했다.

탑의 1층부터 3층까지 도서관이고, 그 외에는 학원에 소속된 강사의 연구실이다. 세리아의 연구실이 있는 곳은 도서관 탑 지하였다.

1층 도서관 입구에서 탑 안으로 들어가니 엄청난 양의 책이 보였다. 책장 가득 수납된 책들은 분야별로 구분돼있었다.

어떤 책이 있을지 관심이 생겼지만, 공교롭게도 오늘은 다른 일로 들린 것이라 접수처에서 필요한 절차를 밟고 곧

바로 연구실이 있는 지하로 향했다.

지하에 긴 복도가 이어졌고 마법 램프가 통로를 밝혔다.

"여기인가."

접수처에서 세리아의 연구실이 있는 곳을 알려준 덕분에 리오는 딱히 헤매지 않고 도착할 수 있었다. 문에 붙은 네임 플레이트에 적힌 글자는 읽을 수 없지만, 틀림없을 터였다.

똑똑. 리오가 문에 가볍게 노크했다.

"……"

그러나 문 너머에서 대답은 돌아오지 않았다.

"없나?"

리오가 고개를 갸웃거리며 한 번 더 노크했다. 이번에는 조금 전보다 힘을 줘봤다. 똑똑. 그러나 대답은 없다.

"세리아 선생님, 안 계세요?"

똑똑. 말하며 노크를 계속했다. 이래도 안 되면 오늘은 그냥 돌아가는 게 좋을까. 리오가 그런 생각을 하는 사이, 문이 세차게 열렸다.

리오는 깜짝 놀랐다. 문은 방 안쪽으로 열렸지만, 밖으로 열리는 문이었다면 위험하게도 부딪혔을 수도 있었다.

"아— 진짜! 시끄럽네! 플레이트 글자 못 읽어? 지금 딱 좋았, 는데……."

세리아가 항의하며 방에서 나왔는데, 리오의 얼굴을 보니 조금씩 기세가 약해졌다.

리오는 리오대로 그런 세리아를 보고 아연실색했다. 지금까지 세리아에게 품은 청초한 규중 영애라는 이미지가 부서지는 느낌이 들었다.

"아, 개별지도 때문에 왔는데요……."

리오가 굳은 미소를 지으며 쭈뼛쭈뼛 용건을 말했다.

"헤? 아, 응. 그, 그랬지. 잘 왔어. 기다렸어, 응!"

세리아가 잠시 생각하다 깜짝 놀라더니 가련한 미소를 꾸미며 말했다.

'이 반응은, 까먹고 있었군.'

리오는 쓴웃음 지었다. 일단 말을 맞춰주기로 했다.

"죄송합니다. 저 때문에 일부러."

"아니야. 강사로서 너를 홀로 남겨둬서는 안 되기도 하니까."

세리아가 조금 겸연쩍은 미소 지었다.

"고맙습니다."

"응. 자, 그런 곳에 서 있지 말고 안으로 들어와. ……아."

리오를 방 안으로 초대하고 뒤로 돈 세리아가 경직됐다.

'큰일이야. 얘가 오는 거 깜빡해서 청소를 안 했잖아!'

"왜 그러세요?"

속으로 초조해 하는 세리아에게 리오가 뒤에서 말을 걸었다.

"어? 아, 아— 아니. 응. 지금 방이 **조금** 어수선한데 그, 신경 쓰지 마."

세리아가 있는 힘껏 억지로 웃으며 얼버무렸다.

"네, 괜찮아요."

리오가 꾸벅 고개를 끄덕였다. 그리고 방 안으로 들어갔다.

'……이게 조금이야?'

상상을 뛰어넘는 혼잡함에 리오의 표정이 굳었다.

방은 11평 정도로 그럭저럭 넓었다.

하지만 바닥에는 서류며 책이며 용도를 알 수 없는 기구가 흐트러져 있고, 테이블 위에도 책이며 서류며 심지어 접시와 홍차 잔 등이 잔뜩 놓여 있었다. 도저히 사랑스러운 소녀의 방이라는 생각은 들지 않았다.

"펴, 평소에는 더 깨끗해! 요즘 좀 바빴고, 연구가 잘 되던 참이라 나중에 하려고 미뤄뒀다고나 할까……."

리오의 안색이 바뀐 것을 알아차렸는지 세리아가 뺨을 붉히고 변명했다.

"어, 어려워 보이는 책이 많네요. 선생님, 굉장히 젊어 보이는데 굉장해요!"

리오가 적절한 대답을 찾지 못 했는지 적당히 눈에 들어온 책을 가리키며 세리아를 칭찬했다. 억지로 넘어가려고 꺼낸 화제였다.

"어? 아, 아— 응. 나 아직 열두 살인걸? 원래대로라면 아직 초등부를 다녀야 하지만, 월반해서 고등부도 졸업했어!"

엣헴, 세리아가 나이에 어울리는 자그마한 가슴을 펼치며 자랑했다. 뺨이 아직 조금 붉었지만, 화제를 돌리고 싶었는지 이야기에 어울려줬다.

"그거 대단한데요?"

"그, 그렇지, 뭐! 사실은 마법 연구 전문이라 그쪽에 전념하고 싶지만, 연구원은 부업으로 강사 일을 해야 해."

세리아가 수다를 떨었다.

묘하게 어른스러운 척하는 모습이 귀여워서 리오는 작게 미소 지었다.

"음, 그럼 자리를 만들 테니 잠깐만 기다려줘."

세리아가 방 중앙에 있는 응접용 상과 의자 위에 놓인 짐을 정리하기 시작했다. 불규칙하게 놓인 것 같은데 제대로 법칙이 있는지 척척 분류 작업을 진행했다.

함부로 책과 서류 위치를 어지럽히면 안 될 것 같아 리오는 뒤에서 그 모습을 지켜보기로 했다. 그랬는데—.

"윽……."

세리아가 몸을 숙이고 작업해서 그런지, 치마가 나풀거리다 가끔 속이 보일 뻔했다. 쭉 뻗은 다리가 나이에 어울리지 않는 고혹적인 매력을 자아냈다.

리오는 시선을 돌리고 세리아의 무방비함에 조그맣게 탄식했다.

작업은 그로부터 몇 분 뒤에 끝났고, 리오는 응접의자에 앉아 세리아를 마주 봤다. 책상 위에는 필기구가 있었다.

"자, 시작할까?"

"네."

"말은 그렇게 했지만, 뭐부터 가르쳐주는 게 좋을까? ……그래. 그럼 숫자가 무엇인지 의미는 아니?"

"알아요."

세리아의 질문에 리오가 즉답했다.

"흐—음. 그럼 여기에 책 다섯 권이 있어. 리오는 책 세 권을 읽었어. 아직 안 읽은 책은 몇 권?"

리오가 정말로 이해하고 있는지 확인하기 위해 세리아가 간단한 문제를 냈다.

"두 권입니다."

리오는 역시나 즉답했다.

"어머, 정말 이해하고 있구나."

세리아가 의외라는 듯이 눈을 동그랗게 떴다.

"뺄셈을 할 수 있다는 건 덧셈도 할 수 있겠네. 그럼 이것의 의미는?"

세리아가 책상 위에 둔 깃 펜을 움직였다.

종이에 간단한 덧셈 문제를 적었다.

"음, 글자는 못 읽어서……."

리오가 난처하게 대답했다.

"그렇구나. 즉 숫자는 못 읽지만, 계산은 할 수 있다는 거지?"

"그렇습니다."

"뭔가 앞뒤가 안 맞는데. 하지만 불가능한 일은 아닌가? 종이는 비싸니까……."

세리아가 생각에 잠긴 얼굴로 혼자 납득했다.

"그럼 일단 숫자만 가르쳐주면 되는 거네. 그럼 수고가 줄어드니 나로서는 고맙지. 여기에 0부터 9까지 숫자를 쓸 테니 외울래?"

세리아가 숫자를 슥슥 썼다.

"알겠습니다."

"왼쪽부터 0, 1, 2 순으로 수가 커져. 외우면 말해줘. 어디까지 할 수 있는지 산술 문제를 만들어줄 테니까."

"네."

리오는 고개를 끄덕이고 손가락을 움직이며 숫자를 암기했다. 종이에 적힌 숫자는 무척 간단하게 생겨서, 아주 짧은 시간 안에 암기를 끝냈다.

"외웠어요."

"어, 벌써? 그럼 0부터 9까지 여기에 써봐."

세리아가 종이를 뒤집어 건넸다. 리오가 재빠르게 글자를 썼다.

"정답. 글씨 예쁘네. 그럼 이르지만, 뺄셈 문제를 풀어볼까? 기호도 가르쳐줄게."

세리아가 감탄하며 말했다.

"네. 일단 지금 강의에서 다루는 레벨의 문제를 내주시겠어요? 어디까지 할 수 있는지 확인하고 싶어요."

"강의 레벨이라면, 사칙연산…… 곱셈과 나눗셈도 포함인데 그건 무리 아닐까?"

"괜찮아요. 곱셈은 어린애 여섯 명이 각자 사과를 다섯 개씩 가지려면 전부 몇 개의 사과가 필요하냐는 문제죠? 나눗셈은 그 반대고."

"어, 응. 맞아. 어디에서 배웠어?"

세리아가 신기해하며 물었다.

"……돌아가신 어머니께 배웠어요."

거짓말이다. 사칙연산은 전생의 의무교육 때 이미 습득을 끝냈다. 리오는 숫자와 기호만 가르쳐주면 충분했지만, 사실을 말할 수는 없었다.

돌아가신 어머니에게 배웠다고 하면 진위 확인도 불가능하니 깊이 추궁하지 않을 거라 생각한 리오는 쓸데없는 절차를 대폭 줄이기로 했다.

"그렇구나. 어머니께서 무척 교양 있는 분이셨네."

미안한 걸 물어버렸다는 생각에 세리아의 표정이 조금 어두워졌다.

"네. 다정하고, 따뜻한 분이셨어요……."

리오의 표정도 약간 어두워졌다.

"어, 음, 그럼 사칙연산은 할 수 있다는 거구나. 강의에서 다루는 문제와 같은 레벨의 문제를 만들어볼게. 풀어봐."

리오가 "네" 하고 고개를 끄덕이자 세리아가 새 종이를 꺼내 문제를 적었다. 문제 수는 20개. 사칙연산 문제가 전부 포함됐다.

"위에 적힌 기호가 사칙연산할 때 쓰는 기호야. 왼쪽부터 덧셈, 뺄셈, 곱셈, 나눗셈이야. 자, 시작."

세리아가 신호를 주자 리오가 문제를 읽었다. 그곳에는
아마카와 하루토였던 리오에게는 너무나 간단한 문제가
적혀 있었다.

"풀었습니다."

리오는 약 십여 초 만에 모든 문제를 풀었다. 집중한 나
머지 세리아가 경악하며 보는 것도 모르고.

"전부 정답이야……."

리오가 푸는 것을 보며 답을 맞혀보았는지 세리아가 바
로 결과를 말했다.

"그럼 산술은 문제없는 것 같네요. 이제 글자를 익혀야
하는데, 글자는 숫자보다 수가 많죠?"

"어? 아, 응. 그렇지……."

"왜 그러세요?"

세리아가 모호하게 대답하자 리오가 이상해하며 물었다.

"왜냐하면— 리오, 엄청난 속도로 암산할 수 있구나?"

"그런, 가요? 우리 반의 다른 분들도 이 정도는 할 수 있
지 않나요?"

"그렇게 안 빨라. 우리 반에는 크리스티나 왕녀 전하 정
도. 로아나 씨도 그럭저럭 빠르지만, 리오보다는 느려."

세리아가 굳은 미소를 짓고 말했다.

리오는 도가 지나쳤다는 것을 깨달았다. 나라의 최고봉
인 교육기관이라고 하길래 대단한 학력을 가진 학생이 대

세일 거라 생각했다.

실제로 학생들은 자신의 학력을 자랑스러워하는 것으로 보였고, 입시단계에 사칙연산을 습득할 필요가 있다고 들었다. 그럼 이 정도는 하는 게 당연하다고, 리오는 착각했었다.

"자주 머릿속으로 계산했거든요. 언젠가 도움이 될 거라고, 어머니께서……."

약간 동요하며 리오가 얼른 변명을 늘어놨다.

"그랬, 구나……."

세리아가 리오를 의아하게 쳐다봤다. 리오는 세리아의 시선을 태연하게 무시하고 물었다.

"선생님, 아동용 글자 교육책은 없나요?"

"……있어. 가르쳐줄 테니까, 돌아가는 길에 도서관에서 빌려."

세리아가 약간 괴로운 표정을 짓다가 잠시 뒤, 조그맣게 탄식하고 대답했다.

"고맙습니다."

"아니야. 이것도 강사의 일이니까. 그나저나 오늘 하루 학원에서의 생활은 어땠어? 뭔가 불만이 있다면 말해줘."

세리아가 담임 강사의 얼굴을 하고 물었다.

리오의 머릿속에 오늘 쉬는 시간에 있었던 일이 스쳐 지나갔다. 그러나 굳이 세리아에게 말할 필요성은 느끼지 못했다. 아직 편입 첫날이고 어차피 상대는 어린애들이었다.

"아뇨, 딱히."

"그래?"

리오가 시원하게 고개 젓자 세리아는 약간 의아한 표정을 지었다. 뭔가 묻고 싶은 얼굴이었지만, 말을 잇지 못했다.

"저기. 그. 친구는 생겼니⋯⋯?"

이내 세리아가 머뭇거리며 물었다.

"친구요? 아뇨. 모두 귀족이시고, 친한 척할 수도 없는 노릇이니까요."

리오가 정연히 대답했다. 세리아는 난처한 표정을 지었다.

"으음, 뭐, 그렇긴 하지만⋯⋯ 말이지. 역시 어려운가."

세리아가 탄식을 흘렸다. 리오는 고개를 갸웃거렸다.

"무엇이요?"

"아니, 가능하다면 나도 친구 만들기를 도와주고 싶은데. 그. 귀족의 인간관계는 이래저래 귀찮으니까. 신분과 상하관계에 까다로운 애도 있고, 내가 함부로 입을 놀리면 오히려 불만을 품는 애가 나올 수도 있다고나 할까."

세리아가 모호하게 말했다.

"선생님도 귀족 아닌가요?"

"뭐, 그렇긴 하지."

세리아는 쓴웃음을 지으며 한숨을 내쉬었다.

"저는 딱히 문제없어요. 학습에 전념하고 싶고요."

"아하하⋯⋯. 리오는 그런 점이 어른스럽다고 할까, 건조하네."

리오가 딱 잘라 말하자 세리아가 마른 웃음을 흘렸다.

"그런가요?"

"그래. 귀족 아이들도 꽤 조숙하지만, 본질은 어린애야. 자기과시욕이 강할 뿐. 하지만 너는 달라. 필요한지 필요하지 않은지, 그 양자택일로 생각하고 행동하는 느낌이 들어."

"……그렇군요."

"뭐, 그렇다고 뭐가 어떻다는 건 아니야. 그냥 예상보다 손이 가지 않아서 조금 당황한 것뿐이야. 이상한 말 해서 미안해."

"아뇨, 그렇게까지 저를 생각해주셔서 고맙습니다."

리오가 깊이 머리를 숙였다. 다른 강사라면 자신에게 이렇게 잘해주지 않았을 것 같았다.

"말했잖아. 이게 강사의 일이라고. 무슨 일 있으면 무조건 상담하렴. 도움이 될지 안 될지는 모르지만, 이야기는 들어줄게."

"네."

따뜻하게 미소 지으며 말하는 세리아에게 리오는 부드럽게 웃으며 대답했다.

리오는 도서관에서 글자 교육책을 빌리고 학원 부지 안에 있는 기숙사 탑으로 돌아갔다.

리오에게 주어진 방은 최상층.

전망은 좋지만, 계단 오르기가 귀찮아 인기가 없어서 비어있던 방을 배정받았다. 앞으로 적어도 6년은 이 방에서 지내게 되겠지.

고위 왕후 귀족이 되면 영지와는 별도로 왕도에도 저택이 있어서 그곳에서 통학하는 사람이 많았다. 그래도 왕후 귀족 자제가 지내기도 하는 시설인 만큼 기숙사 방은 꽤 넓었다.

11평 정도인가. 필요한 가구도 전부 완비되어있고, 자기 집에서 메이드를 데려오거나 혹은 일정 임금을 지급하면 학원에서 고용한 메이드를 자기 전속 메이드로 삼을 수 있었다. 참으로 극진했다.

시각은 저녁. 창가에 의자를 놓고 바깥 풍경을 바라봤다.

하늘이 붉게 물들었다. 학원 부지 내에 있는 기숙사는 왕도 벨트란트 안에서도 고지대에 위치해서, 도시와 그 주변에 펼쳐진 농장이 내려다보였다.

그래도 눈에 들어오는 풍경 대부분 대자연이었다. 울창한 초목이 무성한 숲이 펼쳐져 있고, 높이 솟은 산이 보이고, 사람의 손이 닿은 구역은 아주 조금뿐.

일본에서는 절대로 이런 풍경을 볼 수 없었다.

기억이 돌아오고 며칠 사이에 환경 변화로 정신이 없어서 자기 몸에 일어난 사건을 깊이 생각할 여유가 없었지만, 이렇게 혼자만의 시간을 가지니 묘하게 감상적인 기분에 휩싸여 많은 생각이 밀어닥쳤다.

"역시 이곳은 이세계인 거네."

리오가 중얼거리고 한숨을 쉬었다. 벨트람 왕국이라는 나라는 모른다. 문명 수준도 지구와 너무 다르다. 무엇보다 마법이라는 게 번듯이 존재했다.

마치 판타지 게임 세계 같았다.

꿈이었으면 좋겠다. 하지만 꿈이 아니었다. 이곳은 일본이 아니다. 지구도 아니었다.

"나는 죽었어. 그래, 죽었어. 죽었어……. 하, 하하……."

리오의 입에서 무심코 마른 웃음이 흘러나왔다. 하루토와 리오의 기억이 융합되어 자아의 단속성이 있는 탓인지 지금까지는 그다지 아마카와 하루토의 죽음이 실감나지 않았는데, 사실을 입에 담자 말하기 어려운 감정이 치솟았다.

지금의 자신은 아마카와 하루토가 아닌 리오라는 다른 사람이고, 이 세계에서 아마카와 하루토라는 사람을 아는 것은 자기 혼자뿐이라고 생각하니 몹시 지구로 돌아가고 싶어졌다.

가족이 그리웠다. 그리고 한 번 더, 미하루를 만나고 싶었다. 만나서 마음을 전하는 날을 꿈꿨으니까. 이런 게 향수병인가?

하지만 지구로 돌아갈 방법은 없어 보였고, 왜 자신이 다시 태어났는지도 모르며 애초에 죽었는데 살아서 돌아갈 수 있을 리가 없었다.

이 세계에서 사는 리오에게 남은 것은 어머니와의 소중한 추억과 그것을 짓밟은 남자에 대한 격정뿐. 현실만이 남았다.

너무나 부당하고, 너무나 무자비하지 않은가.

리오는 까득 이를 씹고 날카로운 눈초리로 창밖에 펼쳐진 풍경을 쳐다봤다.

그곳에는 비정할 정도로 아름다운 하늘이 펼쳐졌다. 지평선 너머로 저녁 해가 가라앉고 있었다. 리오는 그것을 보며 살아가자고 마음속으로 맹세했다.

이제 와서 멈출 수도 없었다.

멈춰서면 리오가 사는 의미가 사라졌다.

아무것도 모르고 아무것도 이루지 못한 채, 이런 곳에서 죽을까 보냐. 포기할까 보냐. 강하게, 끈질기게 살아주마.

그런 생각을 했다. 그것은 먼 옛날 리오 본인이 맹세한 것이지만, 아마카와 하루토의 인격과 기억이 돌아온 지금, 리오는 새롭게 결의를 다졌다.

그것은 멀고, 긴, 괴로운 길이었다. 리오는 아직 그 험난함을 이해하지 못했을 수도 있다. 약하고, 허무하고, 험난하고, 하염없는 그 길 끝에 있는 것을.

◇ ◇ ◇

벨트람 왕립학원 야외연습장에 교복을 입고 쪼르르 모

인 자그마한 학생들이 있었다. 그 속에는 리오도 있었다.

"귀족된 자, 최소한의 무예는 익혀야 한다."

학생들 앞에 선 근육질 남자가 말했다. 현재 리오 일행은 무예 강의를 듣는 중이었다. 남학생은 목제 검과 방패를 들었고, 여학생은 목제 봉을 들었다.

"저번에 이어서 오늘도 자세를 배우자. 지난번에 가르쳐 준 자세를 열 번에 한 세트로 다섯 세트다. 동작을 확인하며 천천히 해라. 끝나면 2인 1조로 짝을 지어서 서로의 움직임을 체크하면서 다시 다섯 세트를 해라."

교관의 명령에 학생들이— 특히 남학생들이 기운차게 손에 든 목검을 휘두르기 시작했다.

"리오. 너는 아직 자세를 모르니 내가 직접 가르쳐주마. 따라와라."

교관의 지시에 리오가 얌전히 따라갔다. 학생들과 떨어진 곳으로 가 적당히 거리를 두고 서로를 마주 봤다.

"리오, 너 검을 잡은 적 있나?"

"네. 일단은."

리오는 수긍했다. 엄밀하게 말하면 잡은 것은 검이 아닌 도(刀)였다. 전생에 조부가 가진 도를 잡았던 것뿐.

"음, 그런가. 그럼 일단 네가 어느 정도로 사용할 수 있을지 체크해 보마. 그 검으로 내게 일격이라도 맞춰봐라. 편할 때 오거라."

교관이 검을 들었다.

'체육계 사람답네.'

심플한 대화 전개에 리오는 입가에 쓴웃음을 지었다.

이 교관은 말보다 육체로 말하는 타입이었다. 그렇다고는 하나 리오가 보기에 교관의 동작은 실전적이고 쓸데없는 부분이 없었다. 실력은 확실했다.

'그런데 어떻게 하지?'

검을 잡는 방법을 확인하고 리오가 생각에 잠겼다.

아직 원리는 이해하지 못했지만, 마력을 사용해 자신의 신체능력을 끌어올리면 일격을 맞출 수는 있을 것 같았다. 자신 있었다.

하지만 아직 마법을 배우지 않았는데 어린이는커녕 어른의 한계를 훌쩍 뛰어넘은 움직임을 보이면 교관이 이상하게 생각할 것이 틀림없었다. 그렇게 되면 설명을 피할 수 없었다.

'본래 신체능력으로 하는 게 무난하겠어. 적당히 휘두르자.'

리오는 그렇게 하기로 하고 검을 들어 검도 중단 자세를 취했다. 검과 방패를 함께 드는 검술을 배운 적이 없어서 어쩌다 보니 그랬다.

"네 나름대로 생각한 자세인가?"

"네, 그렇습니다."

"그렇군. 재능은 있는 것 같구나."

교관이 싱긋 미소 지었다.

그 순간, 리오가 곧바로 달려갔다.

접근해서 벤다. 검술이란 그런 것이다. 그것을 몸소 표현하듯 리오는 교관에게 접근해 맛보기로 검을 옆으로 휘둘렀다.

교관은 깔끔하게 리오의 검을 받아 막았다.

"호오."

감탄을 중얼거리고 그대로 리오가 검을 든 방법과 검날 방향을 가만히 쳐다봤다.

"좋은 칼솜씨다. 그렇게 하면 손목도 아프지 않지."

리오는 그가 교관인 만큼 관찰력이 좋다고 판단했다.

몸에 익은 기본적인 기량은 숨기려고 해서 간단히 숨길 수 있는 게 아니었다. 방패 다루기가 익숙하지 않은 탓인가, 약간 자세가 독특했지만.

리오는 목검을 휘두르고, 휘두르고, 휘둘렀다.

그러나 교관은 그것을 모두 깔끔하게 받아쳐 냈다. 당연했다. 힘 대결에 어린애의 힘으로 교관을 이길 수 있을 리 없었다. 속도 면에서도 그랬다.

일격을 넣을 가능성이 있다면 테크닉에 기대는 수밖에 없는데, 전생에 조부에게 배운 기술을 모두 활용해 싸우면 이상하게 여길 게 분명했다.

'뭐, 이 사람도 내가 일격을 먹일 거라 생각하진 않겠지.'

리오는 냉정하게 상황을 판단했다.

"음. 좋다, 리오! 열정이 조금 부족하지만, 너는 기사의 소질이 있다!"

교관이 웃으며 말했다. 역시 열혈 기질이 있어 보였다. 솔직히 조금 벅찼다.

"공교롭게도 기사에 관심 없습니다."

"뭐? 흐음. 학원 생활은 길다. 내가 기사 검술을 가르쳐 줄 테니 안심해라."

대체 뭐를 안심하라는 거지? 대화가 통하지 않았다.

리오가 검을 휘두르며 쓴웃음 지었다. 그러자 그때—.

"윽!"

갑자기 교관이 리오에게 날카로운 일격을 먹였다. 리오는 반사적으로 백스텝을 밟아 피했다.

"호오. 지금 일격에 반응한 건가."

교관이 감탄하며 중얼거렸다.

"선생님은 공격하지 않는 것 아니었나요?"

"그런 규칙은 없어! 하지만 네 실력을 알았으니 이제 됐다."

교관이 목검을 내렸다. 그에 맞춰 리오도 검을 내렸다.

"어린애라서 힘과 속도는 대단치 않지만, 동작이 무척 깔끔했다. 너는 검에 상당한 재능이 있다. 방패로 타격도 했으면 훨씬 좋았을 거다."

"감사합니다."

"음. 그럼 지금부터 자세를 가르쳐주마."

"부탁드립니다."

리오가 꾸벅 고개를 숙였다.

리오는 한동안 교관에게 벨트람 왕국류 검술을 배웠다.

리오가 자세를 몇 번 보고 간단하게 동작을 모방하자 교관도 즐겁게 다음 자세를 보여줬다. 시간이 지나는 것도 잊었다.

"이런, 슬슬 돌아가야겠어. 슬슬 끝난 학생이 나왔겠군."

리오는 교관과 함께 학생들이 있는 곳을 향해 걸었다.

그러다 문득 시선을 느꼈다. 리오가 그쪽으로 힐끗 시선을 던지니, 그곳에는 크리스티나와 로아나가 있었다.

다른 학생들은 다른 곳에 있었던 리오를 신경도 쓰지 않았다. 남자는 여자에게 멋지게 보이려고 열심히 검을 휘두르고 여자는 그것을 보고 시끄럽게 떠들었다.

"흥."

크리스티나가 기분 나쁜 듯이 콧방귀를 끼고 눈을 피했다. 짝을 이룬 로아나는 조금 어안이 벙벙한 상태로 리오를 보고 굳었다.

'보고 있었나?'

리오가 의문을 품었다. 딱히 봤다 한들, 뭔가 특별한 일을 하지도 않았다.

뭐 괜찮겠지. 리오는 곧 흥미를 잃고 두 소녀에게서 시선을 돌렸다.

리오가 벨트람 왕립학원에 편입하고 반년이 흘렀다.

처음에는 구경거리처럼 주목받아 반쯤 재미로 건드는 일이 많았지만, 시간이 지날수록 리오를 향한 학생들의 관심이 옅어졌다. 재미가 없었다.

깔봤을 때 얼굴을 새빨갛게 붉히고 말대답해야 재미있는데, 리오는 무슨 말을 해도 말대답하지 않았다. 오로지 머리를 낮추고 무난한 대답밖에 하지 않았다.

그래도 아직 리오에게 시비를 거는 학생이 있었는데, 입에 담는 욕 패턴이 하나뿐이라 시들해졌다.

학생들은 리오에게 무관심해졌고 지금은 교실에 있으나 마나 한 존재로 취급했다. 리오는 리오대로 학생과 일절 연관되려고 하지 않았다.

그 덕분에 리오는 요즘 공부와 훈련에 집중하며 보낼 수 있었다.

아침부터 점심까지는 학원에서 수업을 듣고 방과 후에는 도서관에 틀어박혀 공부하고 기숙사에 돌아가서는 몸이 둔해지지 않게 검을 휘둘렀다.

매일 반복되는, 변함없는 나날이 계속됐다.

그렇게 한 효과가 있었는지, 리오는 착착 실력을 쌓아갔다.

그리고 그 성과가 드러나는 날이 왔다.

후기 일정이 시작된 날이었다. 벨트람 왕립학원은 전기, 후기로 나누는 학기제로 운영하는데 학기마다 기말시험을 치렀다. 그 시험 결과를 발표하는 날이 오늘이었다. 성적은 개별통지가 원칙인데, 상위 열 명에 한해서 순위와 이름을 게시했다.

제1학년 복도에 설치된 게시판 앞에 많은 학생이 몰려들었다. 그곳에 있는 모두가 충격과 당황을 감추지 못하고 술렁거렸다.

"웃기지 마! 저 더러운 하층민이 학년 1등이라고?"

로던 공작가 둘째 도련님, 알폰스가 몸을 떨며 소리쳤다. 그의 시선 끝에는 게시판에 붙은 기말시험 성적표가 있었다.

그곳에는 리오와 크리스티나가 나란히 1등, 3등에는 로아나의 이름이 있었고, 6등에 알폰스의 이름이 있었다.

즉, 크리스티나를 제외한 제1학년 모든 학생이 리오에게 패배했다.

성도 없는 미천한 고아에게. 약 반년 전에는 글자도 못 읽은 열등생에게. 그것을 구실로 처음부터 깔봤던 상대에게. 안중에도 두지 않았던 날벌레에게.

그것은 견디기 어려운 굴욕이었다. 무심코 진위를 의심할 정도로.

"뭔가 잘못된 거야! 부정을 저지른 게 틀림없어!"

알폰스가 크게 소리쳤다.

그러자 주위 친구들이 "맞아, 맞아!" 하고 동조했다.

자기들은 선택받은 존재였다. 지금보다 어릴 적부터 공부에 매달렸고 난관이라는 벨트람 왕립학원 입학시험을 통과했다. 그런데 고작 몇 개월 전까지 글자도 못 읽은 열

등한 존재, 미천한 고아에게 질 리가— 져서는 안 됐다.

따라서 이 시험 결과는 뭔가 잘못된 게 틀림없었다. 리오가 부정이라도 저지르지 않았다면 있을 수 없는 일이라고, 알폰스 일행은 그렇게 생각하지 않을 수 없었다.

알폰스 일행의 소란 속에 묵묵히 게시판을 보는 두 소녀가 있었다. 크리스티나와 로아나다.

두 사람의 표정은 많이 달랐다. 변함없이 뚱한 표정으로 게시판을 노려보는 크리스티나에 비해 로아나는 놀라서 말을 잃은 표정이었다.

'이 내가 3등? 크리스티나 님을 못 이기는 건 당연하다고 치고, 숫자도 못 읽은 저 애한테 졌다는 거야?'

로아나는 자신이 2등일 것이라 의심하지 않았다. 지금까지 쌓아올린 노력과 자신의 재능을 합하면 당연한 결과라고 절대적으로 믿었다.

그러나 뚜껑을 열어보니 로아나는 3등이었다.

벨트람 왕립학원이 국가 최고봉의 교육기관이며 제1학년은 전체 백 명 이상의 학생이 있다는 것을 생각하면 3등이라는 순위는 결코 나쁜 성적이 아니었다. 자랑할 만한 숫자였다.

하지만 그래도—.

지금의 당신은 이 학원에 어울리지 않아요—. 로아나는 문득 반년 전에 리오에게 던진 말이 떠올랐다.

글자도 못 읽는 리오가 기가 막혀서, 평민을 이끄는 것은 귀족의 임무라고 생각하고 학원 질을 낮춰서는 안 된다는 사명감과 책임감에서 반을 대표하여 뱉은 한마디.

'어울리지 않는 건 나잖아!'

로아나는 창피해서 얼굴에 열이 오르는 것을 느꼈다. 압도적인 강자의 입장에서 약자에게 베푼 한마디가 부메랑이 되어 자신에게 돌아왔다. 견딜 수 없이 부끄러웠다.

"너 인마!"

갑자기 주변에 큰소리가 울려 퍼졌다.

로아나는 깜짝 놀라 몸을 움찔하고 소리의 발신지로 눈을 돌렸다. 그곳에는 알폰스를 중심으로 한 학생 몇 명이 리오를 둘러싸고 있었다.

"말해. 어떤 부정을 저질렀지?"

알폰스가 덤벼들 기세로 리오를 몰아붙였다.

"그냥 평범하게 시험을 봤을 뿐입니다."

리오가 침착한 태도로 대답했다.

"거짓말하지 마! 부정을 저지르지 않았다면 네가 저런 등수에 오를 리가 없잖아!"

"무슨 말씀인지 모르겠습니다만……."

일방적인 트집에 리오가 반쯤 기가 막힌다는 태도로 말했다.

알폰스가 새빨개진 얼굴로 리오를 노려봤다.

"채점관에게 뇌물을 줬거나 커닝이라도 했겠지!"

"그런 짓은 불가능하다고 생각합니다만……."

"알까 보냐. 더러운 수단을 썼겠지!"

"저는 여러분의 발목을 잡지 말라는 말을 듣고 노력했을 뿐입니다."

"그럴 리 없어!"

알폰스가 전혀 이야기를 들으려 하지 않자 리오는 작게 한숨을 쉬었다. 발목 잡지 말라고 실컷 떠들어댈 때는 언제고, 자기들보다 우수한 성적을 받으니 이런 꼴이다.

'이럴 줄 알았으면 대충할 걸 그랬어…….'

학원 내에 친구도 없고 글자나 이 세계의 상식 등 배워야 할 것이 많아서 리오는 주변 학생들과 비교해 자기가 어느 정도의 위치에 서 있는지 알고 싶었다.

그것을 파악하기 위해 이번 시험은 대충하지 않고 진지하게 치렀더니 이런 결과가 나오고 말았다. 참고로 점수는 전 과목 만점이었다.

그렇지 않아도 상위 등수일 수도 있다고 생각해 결과만 보고 얼른 돌아가려던 찰나, 알폰스의 눈에 들어 지금에 이르렀다.

'어떡하지…….'

할 수 있다면 얼른 이 자리를 뜨고 싶은데, 말한다고 얌전히 놓아줄 것 같지는 않았다. 그렇다면 아예 그냥 억지로 자리를 뜰까.

그렇게 생각했을 때였다.

"이봐, 무슨 말이라도 해보지그래?"

알폰스가 기분 나쁘게 말했다. 그러자—.

"적당히 해요, 알폰스. 남자의 질투는 꼴사나워요."

어느새 로아나가 다가와 끼어들었다.

정곡을 찔린 알폰스의 얼굴이 딱딱하게 굳었다.

"지, 질투라니 그냥 듣고 넘길 수 없군요. 저는 부정을 밝히려고…….."

"1등은 부정을 저질러서 간단하게 오를 수 있는 등수가 아니에요. 그가 어떤 부정을 저질렀는지 구체적인 증거는 있나요?"

"그, 그건…….."

로아나가 침착하게 말하자 알폰스는 대답을 찾지 못했다.

"그렇다면 당신이 하는 짓은 일방적인 트집에 지나지 않아요. 학원의 품위를 더럽히는 행동이에요. 반 대표로서 못 본척할 수 없군요."

로아나가 세게 말했다.

"중간부터이긴 하지만, 이야기는 들었어. 로아나 씨의 말 대로야, 알폰스 군."

이어서 추가타를 날리듯이 어디선가 세리아가 나타나 말했다.

"크, 크렐 선생님……."

"학원 측이 부정을 저질렀다는 사실도 없고, 부정 제의를 받아들일 이유도 없어. 이번 결과는 순전히 리오가 노력해서 쟁취한 거야. 내가 보증해."

세리아가 딱 잘라 말했다.

"큭……."

알폰스가 말을 잃고 분노로 얼굴을 일그러뜨렸다.

"흐, 흥, 나는 인정 못 해!"

알폰스는 툭 말을 던지고 빠른 걸음으로 사라졌다. 에워 싸던 친구들이 그 뒤를 쫓았다.

"여러분, 성적 확인이 끝났으면 어서 교실로 돌아가세요. 조회 시작합니다."

세리아가 짝짝 박수를 치고 말하자 주위에 있던 구경꾼들이 거미 새끼가 흩어지듯 사라지기 시작했다.

"감사합니다."

리오가 머리를 숙이고 로아나와 세리아에게 감사 인사를 했다.

로아나가 "흥" 하고 작게 콧방귀를 꼈다.

"……딱히 당신을 위해 개입한 건 아니에요. 다음에는 지지 않겠어요."

로아나는 말을 내뱉고 빙글 몸을 돌려 빠른 걸음으로 사라졌다.

리오와 세리아는 그녀의 등을 뒤에서 쫓았다.

"저 아이, 나쁜 아이는 아니야. 자존심이 높고 사명감과 책임감이 강해서 자신에게도 남에게도 엄격하지만."

세리아가 쓴웃음을 지으며 말했다.

"그런 것 같네요."

리오가 살짝 어깨를 움츠리며 수긍했다.

"그런데 리오는 오늘 방과 후에도 도서관에 공부하러 가니?"

"네, 그럴 예정이에요."

"그렇구나. 그럼 내 연구실에서 차라도 마시자. 적당한 타이밍에 부를게."

"네, 알겠습니다."

그리고 그날 방과 후.

리오는 세리아의 연구실로 가서 깔끔한 손놀림으로 홍차를 우렸다.

일련의 공정을 끝내고 적당히 우러났을 때, 찻주전자에 든 차를 찻잔에 따랐다. 실내에 향긋한 향기가 감돌았다.

리오가 마지막 한 방울을 찻잔에 따르고 세리아에게 건넸다.

"여기, 드세요."

"고마워. 역시 차는 리오가 우린 게 좋아. 같은 찻잎인데 내가 우린 것과는 향기부터 전혀 달라."

세리아는 찻잔에 감도는 홍차 향기를 즐겼다.

"책에 적힌 대로 우렸을 뿐이에요. 익숙해지면 누구나 할 수 있어요."

"아니야. 맛있게 만드는 방법이 있긴 하지만, 만드는 사람에 따라 차이가 생겨."

세리아가 기분 좋게 미소 지으며 우아하게 홍차를 마셨다.

벨트람 왕립학원에 소속한 강사의 본업은 기본적으로 연구원이며, 강사는 어디까지나 그 부업으로 할당받은 업무에 지나지 않았다.

그래서 담임 강사여도 학생을 향한 관심이 적고, 강의 외에 적극적으로 관계를 맺으려는 정력적인 사람은 적었다. 하물며 이렇게 빈번하게 『다도회』를 열만큼 한 학생과 친해지는 케이스는 극히 드물었다.

리오는 엉뚱한 일로 세리아와 정기적으로 차를 마시는 사이가 됐다. 세리아가 매일 같이 도서관에 다니며 홀로 자습하는 리오를 칭찬한 것이 계기였다.

세리아는 겉보기에 청초하고 차분한 아가씨 같은 외모를 가졌지만, 외모와 달리 알맹이는 의외로 소탈하고 자유분방한 성격이었다.

연구에 몰두하면 주변 소리가 들리지 않는 것이 옥에 티였지만.

세리아는 지금까지 리오가 만난 여느 왕후 귀족과 달리 고아인 리오에게 거만하게 굴거나 깔보지 않았다.

그래서일까, 이 『다도회』를 시작하고 나서 두 사람은 바로 의기투합했고, 지금은 편하게 대화할 수 있을 정도로 사이가 좋아졌다.

사면초가인 학원생활 속에서 세리아는 리오가 마음을

쉴 수 있는 유일한 상대였다.

"그리고 기말시험 1등 축하해. 굉장한데? 매일 노력한 건 알지만, 아무나 오를 수 있는 등수는 아니야."

"……감사합니다."

리오는 약간 쑥스러워하며 고마워했다.

"하지만 조금 걱정이야."

세리아가 꺼림칙한 표정을 지었다.

"무엇이요?"

"알폰스 군말이야. 리오에게 이상한 말을 했잖아."

"아, 네에."

"이미 잘 알 거라 생각하지만, 이 학원의 학생들은 경쟁심이 강하다고 할까, 지는 걸 싫어하는 아이가 많아. 거기에 귀족 특유의 계급의식이 주입돼 있어서 이래저래 성가셔. 예를 들어 오늘 알폰스 군처럼 폭주하는 아이도 있고."

"막 편입했을 때는 그렇다 치고 요즘은 평온했는데 말이죠."

리오가 조그맣게 쓴웃음 지었다.

"처음에는 흥미본위로 시비 걸다 금방 질리지 않았어? 리오를 명확하게 자기보다 아래라고 인식했기 때문이야. 자기들 좋을 대로 함부로 떠들었을 텐데 덤벼들지 않았다니 대단해."

"함부로 말대답하면 불에 기름을 끼얹는 격이니까요."

리오는 그렇게 대답하고 살짝 어깨를 움츠렸다.

"그 말대로야. 트집 잡히면 안 돼. 그런데 이번 시험으로 모두 리오가 자신들의 입장을 위협하는 존재라고 인식을 바꿨을 테니, 앞으로는 지금보다 더 트집 잡으려고 할 거야."

세리아가 어두운 표정으로 말했다.

"괜찮아요. 이제 익숙하니까."

리오는 표표히 대답했다.

"하지만…… 귀족의 괴롭힘은 질이 안 좋아."

세리아가 조금 괴로워하며 말했다.

그것은 자신의 체험담에 근거한 것일까— 리오는 그런 생각을 했다.

"세리아 선생님은 우수한 학생이었다고 들었는데, 혹시 비슷한 문제를 겪은 적이 있으세요?"

"뭐, 인간관계로 이것저것. 우리 집보다 격이 높은 집 여자애랑 걔 추종자들한테. 이래저래 감사한 말을 들었지."

"그래서 선생님은 참지 못하셨어요?"

"설마, 전부 무시했어."

"그랬을 것 같았어요."

세리아가 시원하게 대답하자 리오가 훗 웃음을 흘렸다.

"으음, 하지만 큰일이었다고! 그, 내 경우에는 리오보다 친구가 있어서 어찌어찌 괜찮았지만……. 리오는 혼자라서 걱정이야!"

세리아가 입술을 내밀며 말했다.

"그럼 저도 괜찮아요."

리오가 생긋 미소 지었다.

"⋯⋯왜?"

세리아는 리오가 자기가 모르는 친구를 만들었나 싶었다.

하지만 리오의 대답은 세리아의 예상을 벗어났다.

"제게는 세리아 선생님이 있으니까요."

리오가 넉살 좋게 말했다.

"어, 아, 그⋯⋯."

세리아는 순간 말을 잃었다가 갑자기 부끄러워졌는지 새빨간 얼굴을 숙였다.

"⋯⋯아, 바, 바보 취급하는 거지? 나를 어린애 취급했어!"

세리아가 이내 침묵을 견디지 못하고 말했다.

"설마요. 선생님이 나이가 더 많잖아요."

"그렇, 지만. 뭔가 어린애 취급받은 것 같아! 그럼, 그, 나를, 친구처럼 생각한다는 거지?"

"네. 안 되나요?"

리오는 묻고나서 세리아를 가만히 쳐다봤다.

세리아는 리오의 얼굴을 정면으로 쳐다보지 못했다.

"으⋯⋯."

"아, 물론 선생님이라고 생각해요. 선생님이 싫으시다면 저도 약간 거리를 둘게요⋯⋯."

리오가 말이 막힌 세리아에게 말했다.

그러자 세리아의 입에서 분명하지 않은 소리가 들렸다.

"⋯⋯않아."

"네?"

"싫지…… 않아."

이번에는 또렷하게 들렸다. 리오는 조금 장난을 치고 싶어졌다.

"한 번 더 부탁드려요."

"으…….."

세리아가 얼굴을 붉혔고, 리오는 그녀의 얼굴을 들여다봤다.

"선생님?"

"시, 싫지 않다고 했어! 리오 못 됐어! 분위기로 파악하라고, 정말!"

창피함이 한계에 다다랐는지, 세리아가 뺨에 홍조를 띠고 소리쳤다.

"죄송해요. 제대로 듣고 싶어서, 무심코."

리오가 키득키득 웃으며 사과했다.

"흥."

세리아가 짜증 난 눈으로 리오를 노려보고 고개를 돌렸다.

"제가 대인관계로 괴로워하면 선생님으로서, 친구로서 이야기를 들어주세요."

"조, 좋아. 리오가 괴롭힘당하다 울 것 같아지면 내 가슴을 빌려줄게."

리오가 부탁하자 세리아가 리오를 슬쩍 보며 대답했다.

"세리아 선생님은 자그마해서 위치적으로 매달리기 딱

좋겠어요."

"자, 자그마하다고 하지 마! 아직 자라는 중이야!"

세리아가 붉은 얼굴로 반론했다.

리오는 또 즐거워하며 웃었다.

결국, 세리아도 함께 웃었다.

변함없는 매일이지만, 리오는 충족한 나날이라고 생각했다.

변함없고 소중한 일상. 그것은 리오가 먼 옛날에 잃어버린 것이었다.

마음속에 조용히 불타오르는 복수심이 사라질 리는 없지만, 이렇게 웃으면 조금은 마음이 가벼워지는 것 같았다.

그래서일까, 리오는 생각하고 말았다. 이런 일상이 언제까지나 이어지기를. 영원히 이어지지 않으리라는 건 알지만, 조금이라도 길게 이어지기를.

그러나 리오의 마음과 달리 학원에서 보내는 나날은 눈 깜짝할 사이에 지나갔다.

역시라고 해야 할까, 이번 시험 결과가 계기가 되어 리오를 향한 학원 내 학생들의 비난이 한층 심해졌다. 그리고 많은 일이 일어났다.

리오가 마술은 다룰 수 있어도 마법은 일절 습득할 수 없다고 판명되어 바보 취급당했다.

학년이 올라 귀족 아가씨에게 고백받고 거절했더니 악

질적인 소문이 퍼졌다.

　지금까지와는 비교할 수 없는 악질적인 괴롭힘을 당했다.

　하지만 리오는 계속 앞으로 나아갔다.

　멈춰 서있을 여유는 없었다.

　아니, 멈춰 서는 것이 막연히 무서웠다. 정말로 앞으로 나아가고 있는지는 몰랐지만, 무언가에 몰두하면 마음이 편해졌으니까.

　석연치 않은 모호한 불안을 품은 리오는 세리아와의 다도회 시간에만 진심으로 웃을 수 있었다.

　그래서 길게도, 짧게도 느껴졌다.

　그렇게 흘러간, 5년의 시간이—

K 제 5 장 X ✳ 5년 뒤

　리오는 열두 살이 되어 벨트람 왕립학원 초등부 6학년으로 진급했다.

　고학년이 되자 일부 필수과목을 제외하고 대부분의 과목이 선택제로 바뀌었다. 학생들은 임의 과목을 이수하고 졸업에 필요한 학점을 취득해야 했다.

　그것은 리오가 선택한 검술 강의 시간에 일어났다.

　학원 연습장에 고학년 학생들이 모였다.

　"자, 오늘 훈련을 시작하기 전에 알림사항이 있다. 매년 왕국 소속 기사와 치르는 대항시합을 올해도 개최하게 됐다."

　교관의 말에 학생들이 술렁거렸다.

　학원 소속 학생과 왕국에서 일하는 기사의 대항시합은 일종의 축제 비슷한 이벤트다.

　학원 외부에서도 관객을 초대해 학원에서 검술을 이수하는 학생 중에서 선택된 자와 국군 정예 중의 정예인 왕국 기사가 대대적으로 시합한다.

　시합에 참가하는 기사는 유명한 정예를 뽑기 때문에 본격적으로 대전하면 학생이 이길 수 없을 거라 생각할 수도 있는데, 기사가 진지하게 싸우지 않아서 매년 나름 괜찮은 대결이 펼쳐졌다.

　요는 국군 정예 중의 정예와 검을 마주하는 것으로 학생들에게 관록을 붙여 경험을 쌓게 해주는 것이 목적이었다.

학생 대표로 시합에 참가하는 것은 몹시 명예로운 일이며, 대항시합에 출정해 눈길을 끈 학생은 기사단에서 스카우트하기도 했다.

"이 반에서 초등부 대표 선수를 뽑았다. 지금부터 호명할 테니 호명된 사람은 대답하고 앞으로 나와라. 먼저 6학년부터다. 알폰스 로던, 데미안 버스크, 장 알론ー."

교관이 담담히 이름을 부르자 호명된 학생들이 환성을 내질렀다.

리오는 남의 일이라는 표정을 하고 있었다. 그런데ー.

"그리고 리오다."

자기 이름이 불린 것을 깨달은 리오가 눈을 동그랗게 뜨고 놀람을 표했다.

주위 학생들도 더 술렁거렸다.

"5학년 중에는 스튜어드 유그노가 뽑혔다. 이상이다."

교관이 학생들의 동요를 무시하고 이야기를 끝내려고 했다.

"기다려주십시오! 이해할 수 없습니다!"

그때 기다렸다는 듯한 목소리가 들렸다. 목소리의 주인은 알폰스 로던이다.

"무슨 일이지, 알폰스. 네가 반 대표로 뽑힌 것을 이해할 수 없다는 건가?"

교관이 알폰스를 보며 물었다.

"그렇지 않습니다! 저는 미천한 자가 반 대표로 뽑힌 것을 이해할 수 없습니다. 저 녀석이 대표로 기사와 교류시합이라니 엄청난 수치입니다. 마법도 못 쓰는 낙오자라고요!"

알폰스가 리오를 업신여겼다.

"선택 기준에 마법 재능은 포함하지 않았다. 검술 실력을 중시해서 고른 결과다."

"검술 실력? 저 하층민이 검에 재능이 있다는 말씀이십니까?"

알폰스가 명백한 비웃음을 지으며 질문했다.

"그렇다."

교관이 망설이지 않고 고개를 끄덕였다.

그러자 알폰스 뿐만 아니라 다른 학생들도 이해할 수 없다는 듯이 얼굴을 찌푸렸다.

"……이해하기 어렵군요. 저 녀석은 볼 것도 없는 범부입니다."

"그걸 정하는 건 네가 아니다. 이미 결정됐다. 이의는 받아들이지 않아."

"……알겠습니다."

교관이 쌀쌀하게 말하자 알폰스는 울컥한 얼굴로 고개를 끄덕였다.

검술을 시작으로, 무예 강의에 교관의 명령은 절대적이었다. 계급이 힘인 군의 규율을 가르치는 것이 목적이기 때문이다.

리오도 자신이 학원 대표로 대항시합에 출정하는 것에 이의를 제기하고 싶었지만, 그런 사정 때문에 입을 다물었다.

"그럼 지금부터 훈련을 시작한다. 먼저 무기를 소지하고 5킬로미터 행군이다. 가라!"

교관의 명령에 그날의 강의가 시작됐다.

◇ ◇ ◇

"들었어. 왕국 기사랑 하는 교류시합에 나간다며?"

어느 날 방과 후. 연구실 다도회 중에 세리아가 기뻐하며 화제를 꺼냈다.

"네, 어찌어찌 선택돼버렸어요."

리오가 그다지 의욕이 느껴지지 않는 대답을 했다.

"선택돼버렸다니, 의욕 좀 내봐. 시합 결과가 좋으면 졸업 전에 기사단에 스카우트되기도 한다고."

"기사가 될 생각은 없거든요."

리오가 쓴웃음을 지으며 대답했다.

"그래? 기사가 힘들다고 듣긴 했지만, 기사 작위도 받고 지위와 안정된 수입을 받을 수 있으니 나쁘지 않아."

"그런 거에 관심이 없는 거예요. 졸업하면 하고 싶은 것도 있고요."

리오가 우아하게 홍차를 마셨다. 세리아가 무심코 감탄할 정도였다.

"헤에, 그렇구나……."

세리아가 관심을 보이며 맞장구쳤다. 깊이 물어봐도 되는 걸까 고민하다 눈 딱 감고 리오에게 물어보기로 했다.

"이제 1년도 안 돼서 졸업이네. 졸업하고 뭐 하고 싶어?"

"졸업하고 머지않아 여행을 가고 싶어요. 계속 가보고 싶었던 곳도 있고."

"뭐? 이 나라를 떠나게?"

리오의 대답에 세리아가 경악했다. 설마 나라를 떠날 줄은 몰랐다.

"저한테 이 나라는 있기 거북한 곳이니까요."

"그럴, 수도 있지만……."

기사가 되면 그 문제가 나름 개선되지 않는가. 그리고—.

"……저기, 내 연구실에서 일하지 않을래? 나, 리오가 없으면 이래저래 곤란한데."

세리아가 연구실 안을 둘러보며 말했다.

세리아가 리오와 만난 지 5년의 세월이 흘렀다.

세리아의 연구실은 리오도 눈꼴사나울 정도로 지저분했는데, 리오가 이 연구실을 여러 번 다니는 사이, 자발적으로 정리해주겠다고 제안했다.

그 결과, 세리아는 리오의 일상생활 스킬이 눈이 휘둥그레질 정도로 높다는 것을 알았다.

지금은 방 정리뿐만 아니라 간단한 일상사부터 연구 일부까지 도와줬다. 세리아에게 리오는 없어서는 안 될 파트

너 같은 존재가 됐다.

"세리아 선생님도 좋은 나이이니 혼담이 오갈 테죠? 정체 모를 평민 남자가 연구실에 있는 건 좋지 않아요."

"당분간 결혼할 생각 없어. 본가가 시끄럽지만, 연구를 방패로 내세워서 혼담은 전부 거절하고 있고."

결혼이라는 단어를 듣고 세리아가 진저리쳤다. 그녀를 보고 리오는 피식 미소 지었다.

"뭐, 언제 결혼할지는 세리아 선생님 마음이지만요……."

"아! 늦게 결혼할 거라고 생각했지?!"

"그럴 리가요."

이 세계에 사는 귀족 여성의 결혼적령기는 10대 중반부터 20세였다.

세리아는 지금 열일곱 살. 일본인의 감각이 남아 있는 리오가 보기에는 너무 이르게 느껴졌지만, 그녀는 이미 귀족의 결혼적령기에 돌입했다.

하지만 세리아 같은 눈부신 재능을 가진 여성이나 무척 고귀한 신분의 여성이라면 스무 살이 넘어도 결혼 상대를 그리 어렵지 않게 찾을 수 있을 터였다.

"흥. 대체 뭐람? 여자는 스물을 넘으면 늦은 거라는 이 나라 남자들의 발상은……. 그렇게 어린 애가 좋으냐 말이야."

세리아가 중얼거렸다. 결혼적령기 화제가 상당히 신경 쓰이는 모양이었다.

"제 개인적인 의견으로는 귀족 여성의 결혼적령기가 너

무 이른 것 같아요. 세리아 선생님은 동안에 귀여우니까 괜찮아요."

"……그 말은, 내가 어린애 같다는 거야?"

세리아는 키가 작고 유아체형이라 외모가 10대 초반으로밖에 보이지 않았다. 리오와 처음 만났을 때부터 거의 성장하지 않았다.

그녀는 그것도 신경 쓰이는 모양이었다.

"선생님은 성인 여성이에요."

리오가 부드럽게 웃으며 말했다. 세리아의 얼굴이 순식간에 빨개졌다.

"저, 정말, 바보야. 놀리지 마……."

리오는 얼굴이 빨개진 세리아를 보며 웃다가 빈 찻잔을 보고 홍차를 다시 우릴 준비를 했다. 세리아의 취향은 파악해뒀다.

홍차에 깐깐한 세리아와 오래 사귄 리오는 자신이 홍차에 관해서는 집사 수준임을 자부했다.

어느 귀족 영애도 만족하리라.

자, 이번에는 어떤 홍차를 우릴까—.

"ㄱ, 그런데, 리오가 가고 싶은 곳은 어디야?"

리오가 그런 생각을 하는 사이, 세리아가 부끄러움을 얼버무리려고 물었다.

"부모님의 고향— 야구모 지방이요."

"……뭐? 야구모 지방? 분명…… 미개척지 너머에 있다는 곳이지?"

리오가 대답한 지명에 세리아가 놀라서 눈을 크게 떴다.

"네, 맞아요."

"문헌에서 얻은 간단한 지식밖에 모르지만, 제대로 된 국교조차 없는 곳이야. 멀고, 길도 없고, 지도도 없고, 위험한 생물이 있고, 간다면 그야말로 목숨을 걸어야 해."

정말 갈 생각이냐고, 세리아가 말없이 물었다. 그만큼 야구모 지방은 슈트랄 지방에서 보면 벽지에 있었다.

슈트랄 지방 동쪽에는 미개척지라고 불리는 장대한 토지가 펼쳐져 있다. 미개척지는 인간족의 지배가 닿지 않는 공백 지대인데, 야구모 지방은 그보다 더 멀리 존재한다고 한다.

극히 드물게 대사(大使)나 탐험대가 미개척지 너머에 있다는 야구모 지방을 향해 떠났으나 도중에 포기하고 돌아온 케이스가 대부분, 야구모 지방의 존재를 확인하고 돌아온 예는 역사상 손가락으로 셀 수 있을 정도였다. 멀쩡한 사람이라면 나서서 가려 하지 않는 곳이었다.

"뭐, 어디까지나 예정이에요. 물론 충분히 준비하고 갈 거고요. 제 부모님도 이곳으로 오셨으니 불가능하지는 않을 거예요."

리오가 침착하게 말했다.

"농담이 아닌 것 같지만, 그래도 야구모 지방……이라."

아직 먼 훗날의 이야기이기 때문일까, 아니면 모르는 곳이기 때문일까. 세리아는 아직 현실감이 느껴지지 않았다.

그리고 가혹한 현실을 알면 리오도 포기할 것이라고, 리오의 의지가 그렇게 강하지 않을 거라고 마음 어딘가에서 얕보고 있었을지도 모른다.

세리아는 리오가 야구모 지방으로 가려는 동기— 그 과거를 몰랐기에.

그리고 대항시합의 날이 밝았다.

"야, 리오. 한심한 시합은 하지 마라. 네놈이 형편없는 시합을 하면 우리 평가까지 낮아지니까. 민폐라고."

"정말입니다. 약한 주제에 어떻게 선수로 뽑힌 건지. 교관의 명령은 절대적이라고 해도, 이해하기 어렵네요."

시합에 출정하는 학생들이 모인 대기실에 모멸의 소리가 날아다녔다.

솔선해서 리오에게 온갖 욕설을 던진 것은 6학년 알폰스 로던과 5학년 스튜어드 유그노다.

둘 다 나라를 대표하는 대귀족의 자식으로 학원 내의 발언력이 셌다. 그런 두 사람이 솔선해서 시비를 거니 귀찮기 짝이 없었다.

그러나 리오도 그 정도 처세술은 익혔다. 학원에 입학하고 수년간, 귀족의 모멸을 받아넘기는 기술을 넌더리 날

정도로 익혔다.

"분에 넘치는 큰 역할이라는 것은 매우 잘 알고 있습니다. 여러분의 얼굴에 먹칠하는 꼴사나운 시합은 하지 않도록 분투하겠으니, 부디 용서해주십시오."

"흥, 애초부터 네게 기대한 적은 없지만, 우리 체면을 구기는 한심한 시합을 했다간 그냥 넘어갈 거라 생각하지 마라. 그뿐이다."

"물론입니다."

리오가 알폰스의 도발을 무시하고 승복했다.

그때, 대기실 문이 열렸다.

"시간이다. 나와라, 리오."

검술 교관이 들어왔다.

"네."

리오가 똑바로 서서 가슴에 손을 대고 예의 바르게 대답했다.

대항시합은 선봉, 차봉, 중견, 부장, 대장으로 전부 다섯 시합을 하며 리오는 선봉으로 시합에 출정했다.

시합 회장인 투기장 관객석에 밀려온 많은 학생과 외부 관객의 시선이 필드 중앙을 향했다.

사람들은 리오가 대전 상대 기사와 마주 보고 앞으로 펼칠 첫 전투 전에 대화를 나누고 있었다.

대전 상대 기사는 리오의 얼굴을 확인하고 눈을 크게 뜨며 놀라더니 분한 표정을 지었다.

"흥, 학원에 편입했다는 건 알았다만, 설마 네놈이 내 대전 상대일 줄이야."

"오랜만입니다."

대전 상대의 얼굴을 보고 놀란 것은 리오도 마찬가지였으나 침착하게 인사했다.

"호오, 나를 기억하나? 이렇게 만나기까지 5년 이상의 세월이 흘렀군."

"네, **그땐 신세 많이 졌습니다.** 샤를 님."

기사의 이름은 샤를 아르보. 5년 전, 리오에게 고문 섞인 취조를 강행했던 남자다.

"미안하게 됐군. 그때는 직무상 취조가 거칠었지."

샤를이 잔혹한 미소를 지으며 리오를 내려다봤다.

"괜찮습니다. 신경 쓰지 않습니다. 그때 샤를 님께서 왠지 무척 혼란하셨던 것으로 기억합니다. 이렇다 할 도움이 되어드리지 못해 죄송했습니다."

리오가 생긋 감정 없는 미소를 지었다.

당시 샤를은 플로라 유괴사건으로 명예를 만회하지 못해 강등 처분을 받았다. 요 5년간 조금은 지위를 회복한 것 같았지만, 그래도 차기 근위기사단 단장으로 주목받던 당시와는 비교할 수 없었다.

리오는 원망하지 않는다고 했지만, 당시 상황을 생각하면 샤를이 리오에게 오히려 원망에 가까운 감정을 품어도 이상하지 않았다.

예상대로 샤를이 눈을 가늘게 뜨며 리오를 험악하게 쳐다봤다. 신랄한 야유로도 들리는 리오의 발언에 기분이 상한 모양이었다.

"……오늘 좋은 시합 기대하지. 잘 부탁한다."

샤를이 차갑게 말했다. 악수를 청하는 짓은 하지 않았다.

"저야말로. 오늘은 온 힘을 다해 싸우겠습니다."

"받아들이지. 내가 소속한 근위기사단이라는 직함에 겁먹을 필요 없다. 실전에 겁먹으면 죽음에 직결하니까."

샤를이 서늘한 조소와 함께 말했다.

"네, 그럴 셈입니다."

리오가 뻔뻔할 정도로 침착하게 대답했다. 샤를의 얼굴에서 표정이 사라졌다.

"그럼 지금부터 시합을 시작하겠습니다. 두 분, 훈련용 검을 뽑아주십시오."

두 사람 사이에 선 심판의 말에 리오와 샤를이 허리에 찬 검을 뽑았다. 샤를은 한 손 검과 방패를 들었으나 리오는 바스타드 소드 한 자루만 들었다.

"바스타드 소드인가. 꽤 그럴듯하군."

샤를이 도발적인 미소를 지으며 말했다.

바스타드 소드는 한 손으로도 양손으로도 휘두를 수 있지만, 다루기 어려워 꺼려지는 검이다. 리오는 방패를 쓰지 않으려고 일부러 이 검을 쓰기로 했다.

"규칙은 사전에 설명한 대로입니다. 마법 사용은 금지되어 있으니 순수한 검술만으로 싸워주십시오."

"알겠습니다." "알았다."

리오와 샤를이 고개를 끄덕이는 것을 확인하고 심판이 오른손을 크게 들었다.

"두 분, 거리를 두고 준비해주십시오."

약 10미터 거리를 두고 리오와 샤를이 자세를 잡았다.

"그럼…… 시작!"

심판이 시작 신호와 함께 손을 아래로 휘둘렀다.

"하아아앗!"

샤를이 시합 시작과 동시에 최고 속도로 거리를 좁혔다.

'내게 영광을 돌릴 생각은 조금도 없다는 건가. 바라던 바다.'

리오가 샤를의 기백을 읽고 서늘한 미소를 지었다.

리오는 성인(聖人)이 아니었다. 예전에 샤를에게 입은 부당한 가학행위에 분노했다. 사과 한마디라도 했다면 이 분노도 물에 휩쓸려 사라졌을 테지만, 지금까지 나눈 대화로 그럴 마음도 사라졌다.

별로 할 마음도 없었던 시합이지만, 기왕이면 창피 주기로 했다. 그 시점에 샤를은 리오와의 거리를 완전히 좁혔다.

그에 비해 리오는 시작했을 때부터 한 발자국도 움직이지 않았다. 옆에서 보면 기사인 샤를의 기백에 눌려 반응이 늦은 것으로밖에 안 보였다.

샤를도 그렇게 생각했는지 의기양양한 미소를 지었다. 역시 적당히 하려는 생각은 조금도 없는 것 같았다. 샤를이 리오의 몸을 후려치려고 온 힘을 실은 일격을 꽂았다. 아무리 마법으로 치료할 수 있다고는 하나, 맞으면 아프고 끝날 위력이 아니었다.

리오는 작게 탄식했다. 공격을 포기하고 아슬아슬한 위치에서 샤를의 검을 피해 반 보 뒤로 물러났다. 의도대로 샤를의 검이 허공을 갈랐다.

순간, 리오는 샤를의 오른쪽 반신에 틈을 발견하고 왼쪽 전방으로 파고들어 검을 찔러 넣었다.

"윽!"

샤를의 얼굴이 경악으로 물들었다. 자기 쪽으로 거두던 검으로 추격하려고 황급히 휘둘렀다.

그러나 리오의 왼손에 들린 검 끝이 샤를의 목덜미에 먼저 닿았다. 훈련용 검이지만, 몇 밀리미터만 움직이면 피부를 찌를 것이었다.

카운터로 형세가 완전히 결정됐다.

투기장 안이 고요히 가라앉았다. 모두가 예상 못 한 결말에 아연실색했다.

"거, 거기까지! 승자, 학원대표 리오!"

심판이 상기된 목소리로 승자를 선언했다. 그러나—.

"기, 기다려! 지금은 방심했을 뿐이다! 이번에는 진심으로 하지!"

너무나 순식간에 확정된 자신의 패배를 받아들일 수 없는지 샤를이 허둥거리며 이의를 제기했다.

　한 사람 취급도 못 받는 학생을 상대로 패배하고 재시합을 요구하다니, 제대로 된 상황판단이 불가능할 정도로 충격을 받은 모양이었다.

　보는 사람에 따라서는 굴욕적인 패배라고 여겨질 수도 있지만, 학생에게 영광을 돌렸다는 태도를 보이면 적은 데미지로 끝났을 터였다.

　"이봐, 뭔가의 착오다. 이건 아니야!"

　"아, 아뇨. 패배는 패배이니……."

　이성을 잃고 날뛰는 샤를의 항의에 심판이 난처한 표정을 지었다.

　"어리석은 놈! 패배는 패배다. 명예로운 근위기사라면 순순히 패배를 받아들여라."

　그때, 누군가가 필드 안에 들어와 샤를을 질책했다.

　"아, 알프레드……. 아니, 에마르 단장님."

　목소리의 주인을 본 샤를이 벌레 씹은 표정을 지었다.

　알프레드 에마르. 원래대로라면 지금쯤 샤를이 연줄로 올랐을 근위기사단장 자리에 앉은 남자로, 샤를의 상사였다. 덧붙여 바네사의 오빠이기도 했다.

　"자만했다며 다시 진심으로 대결했다가 되갚아주기는커녕 도리어 당하면 한심한 노릇이다. 관객의 시선이 보인다면 깨끗이 패배를 인정하고 어서 이곳을 나가라."

알프레드가 차갑게 말했다.

샤를이 놀라서 주위를 둘러보고 얼굴을 붉혔다. 조금은 냉정함을 되찾은 것 같았다. 수치스러움이 단번에 밀려왔으리라.

"나, 나의 패배다."

샤를이 상기된 목소리로 패배를 인정하고 머리를 숙였다.

"감사했습니다."

리오도 예를 갖췄다. 그 모습을 확인한 샤를은 얼른 발을 돌려 서둘러 필드를 나갔다.

그 뒤에 대항시합은 탈 없이 진행됐고, 무사히 끝났다.

결국, 기사를 상대로 승리를 쟁취한 사람은 리오 한 사람뿐이었다. 한 사람 몫도 못하는 학생들을 지도하듯이 검을 휘두르고 좋은 시합을 연출하면서도, 일부러 져주는 기사는 한 명도 없었다.

예년 같았으면 학생과 기사의 승률이 반반이었을 텐데, 어쩌면 샤를이 보인 추태에 영향을 받았는지도 모르겠다.

그리고 결과적으로 기사를 상대로 승리를 쟁취한 유일한 인물로, 좋든 말든 리오가 주목을 받게 됐다.

왕도 벨트란트에 있는 아르보 공작저.

샤를은 자기 방에서 술을 마시며 한 남자와 대화했다.

"제장, 재수 없는 유그노 부하 놈들. 나를 바보 취급하다니!"

샤를이 술을 벌컥 마시고 욕했다. 그는 오늘 대항시합 때 굴욕적인 수치를 입어 기분이 안 좋았다. 벌써 취했는지 얼굴이 빨갛다.

"후후. 자, 화내지 말고 그만 노여움을 푸세요."

샤를과 마주 앉은 30대 남자가 여유롭고 침착한 미소를 지으며 말했다.

"……레이스 씨, 미안합니다. 꼴사나운 모습을 보여서."

샤를이 쑥스러워하며 얼굴을 찌푸렸다.

"어떤 마음인지 이해합니다. 그런 시합은 학생에게 영광을 돌리는 일도 자주 있지요. 주위에서 멋대로 떠들어대니 속상하실 겁니다."

"그래, 그런 거야! 그런 여흥 시합은 승패에 연연하지 않는 게 미덕이야. 그런데 유그노에게 달라붙은 나약한 귀족 놈들은, 검술도 제대로 모르는 주제에 뻔뻔하게……."

레이스가 관심을 돌리자 샤를이 수다를 떨었다.

"모든 것은 샤를 님의 유능함을 질투해서 생긴 일. 멋대로 떠들게 두십시오. 지금은 기다려야 할 때입니다."

그 말이 자존심을 부추겼는지 샤를의 얼굴이 약간 풀어졌다.

"하지만 지금의 유그노 공작은 시류를 탔습니다. 폐하께서도 녀석의 의견을 무시하지 못할 정도입니다."

샤를이 그렇게 말하며 레이스를 바라봤다.

"네. 우리 나라도 이대로 유그노 공작이 세력을 유지하는 것은 달갑지 않습니다. 요 5년간 지금 같은 세력을 쌓아올린 그의 능력은 훌륭합니다. 하지만 파고들 틈이 있을 것입니다."

"5년, 인가……."

그 세월에 불쾌한 마음을 갖고 있는지 샤를이 기분 나빠하며 얼굴을 찌푸렸다.

"그러고 보니, 유그노 공작이 권위를 휘두르게 된 것도 5년 전 사건이 계기로군요. 샤를 님과도 깊은 인연이 있는 사건 아니었는지요?"

"뭐, 그렇군요. 실은 오늘 대전한 학생이 왕녀 전하 유괴에 관련되지 않았을까 주목받았던 자였습니다. 당시에 제가 취조했죠."

"호오, 그가……."

레이스의 눈에 호기심이 감돌았다.

"그것참 실로 뻔뻔한 애였습니다. 아무리 고통을 줘도 입을 열지 않았어요. 진술과 당시 상황에 수상한 점이 있어서 큰 고통을 주면 토할 줄 알았는데……."

"그 말씀은?"

"유괴에 가담했던 슬럼의 불량배와 함께 행동하고, 그 불량배들이 살해당했는데 홀로 살아남고, 불량배들을 죽인 것은 정체 모를 암살자라고 진술하고, 끝에는 그 암살자를 자기가 쓰러뜨렸다고 했습니다."

"그렇군요. 그건 확실히 수상하네요."

"결국, 왕녀 전하의 은인이라는 것으로 취조는 중단되었으나 그때 그 애송이가 입을 열었더라면 어떻게 됐을까 싶습니다."

당시의 초조함이 되살아났는지 샤를이 얼굴을 한층 일그러뜨렸다. 빈 금속잔에 술을 따르고 입에 퍼부었다.

"그럼 당신께 그 소년은 인연 있는 상대로군요."

"하하, 오늘 시합이 실전이었다면 베어버리고 싶었습니다."

취해서 마음이 편해졌는지 샤를이 기분 좋게 큰소리쳤다.

"참으로 용감하군요. 그 의지로 유그노 공작에게도 한 방 먹입시다."

레이스가 즐거운 미소를 입가에 그리고 샤를과 잔을 부딪쳤다.

대항시합이 끝난 다음 날.

방과 후, 리오의 승리를 축하하려고 세리아가 비장의 찻잎과 차 과자를 준비했다. 강의하던 중등부 교사에서 연구실동까지 이어진 길 도중에 리오를 발견하고 말을 걸고자 입을 열었다.

"아, 리…… 오……."

리오가 한 여학생과 함께 걷고 있다는 것을 알고 무심코 입을 다물었다.

학원 내 리오의 평판은 최악이라고 해도 과언이 아니었다. 그래서 리오가 학원 내에 다른 학생과 함께 행동하는 것은 매우 드문 일이었고 그럴 때는 대체로 다툼에 휘말렸을 때였다. 더군다나 상대가 여학생이라면 더욱더.

예상치 못 한 장면을 맞닥뜨린 세리아의 사고가 잠시 정지했다. 그 사이에 리오는 여학생과 함께 걸으며 어딘가로 갔다.

사람이 적은 곳으로 이동하는 것 같았다.

'어, 어떡하지…… . 또 이상한 일에 휘말린, 걸까?'

세리아가 두리번두리번 주위를 둘러봤다. 주위에 자기 말고는 사람이 없다는 것을 확인하고 몰래 두 사람의 뒤를 쫓았다.

그리고 장소를 바꿔 도서관 탑 뒤. 인적이 드문 이곳으로 오니 리오와 여학생이 발을 멈추고 마주 봤다.

"저, 저기! 이거, 이거 읽어주세요!"

여학생이 천천히 편지를 꺼내 리오에게 어색하게 건넸다.

"……네. 상관없는데, 이건 뭡니까?"

"어, 어제 시합, 굉장히 멋있었어요."

리오가 편지 내용을 물어보자 여학생이 뺨을 붉히고 쏜살같이 말했다.

"아, 네. 고맙습니다."

결국, 무슨 편지인지 모르는 채였다. 리오는 약간 당황하며 고맙다고 했다.

"나, 나머지는 편지에 적혀 있어요, 그럼!"

분위기를 견디지 못했는지 여학생이 리오의 대답을 기다리지 않고 서둘러 떠났다.

"어? 아, 자, 잠깐!"

리오가 황급히 불러 세웠지만, 소녀는 걸음을 멈추지 않았다.

"곤란한데······."

리오가 난처한 얼굴로 중얼거렸다. 손에 든 편지 봉투가 이상하게 무거웠다.

상황으로 봐서 내용은 연애편지인 것 같았다. 읽고 답을 써야 하나. 귀찮은 일이 될 것 같은 예감에 마음이 조금 무거워졌다.

"저기, 그, 리오······."

갑자기 어디에선가 세리아가 나타나 리오에게 말을 걸었다.

"선생님····· 혹시 보셨어요?"

"아, 아하하. 안 된다고 생각하면서도 또 무슨 귀찮은 일에 휘말리지 않았나 해서······. 미, 미안해!"

세리아가 겸연쩍어하며 사실을 인정하고 깊이 머리 숙여 사과했다.

뻔뻔하게 모습을 감추고 자리를 떴으면 숨길 수 있었을 테지만, 죄책감에 모습을 나타낸 거겠지. 리오는 작게 쓴웃음 지었다.

"고개 들어주세요. 저를 걱정하신 거잖아요?"

리오의 말에 세리아가 주저하며 고개를 들었다.

"으, 응. 그리고…… 실은 리오가 시합에 이긴 거 축하하고 싶어서……."

"……네? 딱히 안 해도 괜찮은데."

세리아가 머뭇거리며 말하자 리오가 눈을 살짝 크게 뜨고 망설이는 태도를 보였다.

"아, 안 돼. 대항시합에 나간 것만 해도 명예로운 일이니까. 보통은 축하한단 말이야. 리오도 제대로 축하해야 해. 모처럼 이겼으니까. 자!"

세리아가 그 기세로 리오의 손을 잡고 빠르게 걷기 시작했다.

"아, 선생님, 잠시만."

리오는 세리아에게 끌려 걷기 시작했다. 손은 잡은 채였다.

평소보다 세리아의 발걸음이 빨랐고, 평소와 약간 다른 것 같았다. 기분 탓인가, 손에 땀이 밴 것 같은데— 긴장한 걸까.

잠시 침묵이 흐르고 리오는 뒤에서 세리아의 옆얼굴을 의아하게 쳐다봤다.

그러다 세리아의 뺨이 약간 붉다는 것을 알아차렸다.

"선생님, 혹시 열 있으세요?"

리오가 걱정스레 물었다.

"응? 그, 그렇지는 않은데. 왜?"

"아뇨, 왠지 얼굴이 붉은 것 같아서요. 손도 조금 따뜻하고요."

리오가 세리아의 손을 살짝 쥐었다.

"아, 으음, 미안! 싫었지?"

세리아가 황급히 손을 놨다.

"그렇지 않아요. 그냥 선생님을 무리시키고 싶지 않아서요."

리오가 눈을 살짝 크게 뜨더니 부드럽게 웃으며 고개 저었다.

"으, 응. 고마워. 하지만 정말 괜찮아."

"몸이 안 좋으면 신경 쓰셔야 해요."

"괘, 괜찮아! 자, 가자."

세리아가 터벅터벅 걸었다.

발걸음이 아까보다 빨랐고, 옆얼굴도 더욱 붉게 물들었다.

두 사람은 무사히 연구실에 도착했다.

리오가 익숙하게 차를 준비하기 시작했다. 세리아의 연구실에는 항상 홍차를 마실 수 있도록 간이 주방과 차기 한 세트가 준비되어 있었다.

"그럼 오늘은 선생님이 준비하신 차를 우릴게요."

"응, 아무르산 찻잎이야."

"정말 좋은 걸 준비하셨네요."

홍차 산지로 이름 높은 아무르. 그곳에서 만든 찻잎은 최고급품이다.

"당연하지. 리오가 대항시합에서 승리한 축배를 드는 거니까. 차에 맞는 쿠키도 준비했으니까 기대해!"

세리아가 신이 나 말했다. 평소 모습으로 돌아온 것 같았다.

리오는 얼굴의 긴장을 풀고 그대로 잠시 묵묵히 차 우릴 준비를 했다. 홍차가 든 찻주전자와 데운 찻잔을 트레이에 얹어 상에 옮기고 방 중앙에 놓인 의자에 앉았다. 리오가 한숨 돌리자 세리아가 입을 열었다.

"수고했어. 매번 고마워."

"아뇨, 그보다—."

리오가 세리아의 얼굴을 가만히 쳐다봤다.

"왜, 왜?"

리오가 몇 초 정도 바라보자, 세리아가 약간 상기된 목소리로 물었다.

"안색, 좋아진 것 같네요."

"……어? 아, 아아, 응. 그럴지도."

순간, 멍하니 있던 세리아가 두 손으로 뺨을 찰싹찰싹 만지기 시작했다.

"아, 아까는 정말로 아무것도 아니었어. 나도 모르겠네. 잠깐 생각하고 있던 것뿐이니까, 신경 쓰지 마."

세리아가 허둥지둥 손짓 발짓하며 부정했다.

"네에…… 그럼 다행이고요."

리오는 고개를 갸웃거리며 세리아를 쳐다봤다.

"그보다 아까 여자애, 혹시 고백하지 않았어?"

"그런 것, 같아요. 일단 편지를 받았어요……."

갑자기 바뀐 화제에 리오가 묘하게 수줍어하며 대답했다.

"잘됐네. 주위에서 뭐라 하든 리오를 제대로 본 여자애가 있다는 거야. 먼저 친구부터 시작하기로 했어?"

세리아가 슬쩍 리오의 반응을 떠보며 물었다. 말과 달리 가슴을 찌르는 따끔한 고통을 느꼈다.

"아뇨. 그런 관계는 되지 않는 게 나아요."

"어, 응? 어째서?"

너무나 담백한 리오의 반응에 세리아가 당황했다.

"저 같은 거랑 친해지면 상대방도 따돌림당할 수 있으니까요."

리오가 쓴웃음을 지으며 찻주전자를 들어 잔에 차를 따랐다. 차를 따른 잔에 김이 피어오르고 실내에 풍부한 향기가 감돌며 코끝을 간지럽혔다.

"드세요."

"……고마워."

세리아가 고마워하며 홍차를 마셨다. 그리고 말을 이었다.

"하지만 그래도 그 아이는 리오와 친해지고 싶은 거 아닐까? 그래서 편지 쓴 거 아니야?"

"무리예요. 주변에서 그걸 허락하지 않아요."

세리아가 진지한 눈빛으로 묻자 리오가 난처한 미소를 지었다.

리오의 판단은 냉정했고 어디까지나 현실적이었다. 세리아가 괴로운 표정을 지었다.

"그렇, 지……. 그래도 조금도 관심 없어? 리오도 그럴 나이잖아. 여자애랑 친해지고 싶다던가 그런 거? 학원에 귀여운 여자애도 많고."

리오가 쓴웃음을 지으며 망설임 없이 고개를 저었다.

그 모습에 세리아는 그가 정말로 관심이 없다는 것을 알았다. 하지만 리오 정도의 나이라면 이성에 대한 관심을 그리 간단히 끊을 수 없을 터였다.

이렇게 말하는 세리아도 남들처럼 소녀다운 연애 망상을 하고는 했다. 그런데 눈앞에 있는 이 남자는 그것을 태연하게 끊어냈다.

어째서일까. 세리아는 신기했다.

그냥 벽창호인가. 아니면 정말 좋아하는 사람이 있어서 다른 소녀에게 눈을 돌리지 않는 걸까.

리오, 좋아하는 애가 있나? ―세리아는 갑자기 그런 생각이 들었다.

그러나 짐작 가는 사람이 없었다.

애초에 리오는 학원 내에 친구조차 없었다.

'유일하게 대화하는 상대는 나뿐이고.'

그렇다. 리오는 세리아 말고는 제대로 대화하는 상대가 없었다. 그것은 연구에 몰두한 세리아 자신도 해당됐지만, 그건 문제가 안 됐다.

학원 강의, 식사, 수면 시간 외에는 도서관에 있거나, 밖에서 홀로 검 연습을 하거나, 어쨌든 리오는 언제 봐도 혼자였다.

여자의 그림자는 자기밖에 없었다. 그래서 세리아는 리오가 누군가를 마음에 품었을 거라고는 생각하지 않았다. 좋아하는 사람이 존재할 가능성을 예외로 두고 말았다.

리오는 자기주장하지 않는 타입이라 마음속으로 무슨 생각을 하는지 알기 어려웠다.

남의 호의에 둔감한 걸까, 주위에서 너무 미움받아 인간 불신이 된 걸까.

어느 쪽이든 너무나 슬픈 일이라고, 세리아는 생각했다.

간섭할 처지가 아닐 수도 있지만, 요 5년간 리오가 항상 노력해온 것을 아는 것은 세리아뿐이었다.

그래서 세리아는 리오가 행복해지길 바랐다.

조금 전부터 리오를 묘하게 의식하는 것도 그런 부모의 마음 같은 감정 때문일지도 몰랐다. 그게 틀림없었다. 묘한 가슴의 술렁임을 느끼며 세리아는 스스로에게 말했다. 술렁이는 가슴을 진정시키기 위해 홍차를 마시고 심호흡했다.

"그러고 보니 이제 곧 야외연습의 계절이네. 올해는 무슨 연습을 해?"

세리아가 아무 생각 없이 화제를 돌렸다.

야외연습이란 학원에서 쌓은 군사훈련의 성과를 보는 실전형식의 시험이다.

연습내용과 시험 장소는 매년 다른데, 6학년이 주체가 되어 5학년과 여러 조를 편성해 팀 대항으로 시험을 보는 점은 매년 똑같았다.

인간족의 지배영역 외에는 마물과 사나운 생물, 심지어 도적도 득실거리는데 참가자는 거의 전원이 왕후 귀족인지라 안전관리를 최대한 배려했다.

시험 전에 안전 확인을 겸해 시험장소로 선택된 구역을 조사하고 위험한 존재를 솎아내며 시험 기간 중에는 한가한 기사단이 주변 경비도 했다.

"산림에서 행군하는 모양이에요."

"으엑, 산림이라니. 나는 무리야. 여기서 교사로 가는 것도 귀찮은데."

세리아가 상상만 해도 짜증 난다는 듯이 상에 축 엎어졌다.

"세리아 선생님은 좀 더 운동하는 게 나을 걸요."

리오가 쓴웃음을 지으며 말했다.

세리아는 강의 외에는 거의 연구실에서 나가지 않았다. 아무리 귀족 영애라고는 해도 세리아만큼 적은 운동량은 인간으로서 문제가 있지 않을까.

"아하하, 연구가 일단락되면."

세리아가 쓴웃음을 지으며 적당히 얼버무렸다.

정령환상기

Ｋ 제 6 장 Ｊ ❖ 야외 연습

야외연습이 임박한 어느 날.

리오는 초등부 5, 6학년 학생이 선택할 수 있는 강의를 듣는 중이었다.

강의명은 『마술 논리총론』. 담당 강사는 세리아다.

난이도 있고 실용적이지 않아 경원시 되는 과목인데, 올해는 세리아가 강의를 맡은 덕분인지 수강자가 전과 다르게 많았다.

세리아는 열일곱 살이 됐지만, 외모 성장이 중학생 수준에 멈춰서 학생들과 겉보기에 차이가 없었다. 게다가 세리아의 눈길을 끄는 귀여운 외모와 친해지기 쉬운 성격 때문에 학원에 소속한 강사 중에 그 인기가 단연 높았다.

그런 까닭으로 지금 교실 안에 있는 학생들(특히 남학생) 중에는 뜨거운 지적 욕구가 아닌 세리아가 담당했다는 이유로 이 강의를 선택한 사람이 많았다.

참고로 지금 교실에 있는 것은 리오를 포함해 40명인데, 여학생 중에는 크리스티나와 로아나, 그리고 한 학년 아래인 플로라가 있었다.

"여러분이 알고 있는 마술의 정의를 물어볼게요. 그렇지, 크리스티나 님. 말씀해주시겠어요?"

"네. 마술이란 마력과 술식을 조합해 다양한 현상을 일으키는 기법입니다."

크리스티나가 바로 자신의 견해를 말했다.

"오오, 처음부터 멋진 대답이 나왔네요. 역시 왕녀 전하."

"과찬입니다."

크리스티나가 싸늘한 얼굴로 겸손해했다.

"여러 관점에서 마술을 정의할 수 있는데, 크리스티나 님께서 말씀하신 것은 범용적인 정의예요. 마술 발동 프로세스에 착안한 정의도 있는데, 애초에 마술이란 어떤 프로세스로 발동하는 걸까요? 스튜어드 군."

세리아의 지명에 스튜어드가 기운차게 일어섰다.

"네. 술식에 마력을 주입해 마술을 발동시킵니다."

"아까워라. 80점이야. 뭔가 부족하지 않아?"

"……모르겠습니다."

말이 막힌 스튜어드가 분해서 얼굴을 일그러뜨렸다.

"그럼, 리오. 말해볼래?"

"마력제어 술식을 입력하지 않은 경우에는 주입한 마력을 제어할 필요가 있습니다. 제어에 실패할 경우에는 마술이 발동하지 않습니다."

"정답. 백 점 만점이야."

리오가 망설임 없이 대답하자 세리아가 만족스레 웃었다.

한편, 스튜어드의 표정이 슬쩍 험악해졌다.

"그럼 술식이란 뭘까요? 로아나 씨."

"네. 술식이란 세계에 간섭하기 위한 공식이에요."

"정답. 역시 로아나 씨야."

"영광입니다."

세리아가 칭찬하자 로아나가 기뻐하며 수줍어했다.

"우리 몸에 있는 마력을 제어하여 세계에 간섭하기 위한 공식인 술식과 조합해 마술을 발동시켜. 그야말로 신의 능력이지. 뭐, 술식 자체를 육현신(六賢神)이 만들었다고 하니 틀린 건 아니야."

교실에 있는 학생 전원이 세리아의 말을 파고들 듯이 귀를 기울였다.

참고로 리오도 육현신을 알았다. 육현신은 슈트랄 지방의 역사와 문명 발전에 깊이 연관된 신들로, 이 지방 사람들은 육현신이라 불리는 여러 신을 믿었다.

고아로 자란 리오는 육현신을 향한 신앙심이 극히 희박했지만.

"알고 있겠지만, 마력제어는 마법 습득을 위한 술식 계약과 마법 사용에도 크게 연관되어 있어. 하급 마법은 감각으로 어찌어찌 습득하고 사용할 수 있지만, 어려운 마법을 습득하거나 사용하려면 높은 레벨의 마력 제어 능력이 반드시 필요해."

"선생님!"

스튜어드가 열심히 설명 중인 세리아에게 질문이 있는지 손을 들었다.

"왜 그러니? 스튜어드 군."

"마법 습득을 위해 하는 술식 계약이 마력제어와 연관되어 있다고 하셨는데, 말씀인즉 마력제어가 미숙한 사람은 마법을 습득할 수 없다는 겁니까?"

스튜어드가 히죽거리며 리오를 봤다. 그를 따라 주변 사람들도 키득키득 웃었다. 리오는 차가운 얼굴로 흘려들었다.

"그건 아니야. 마법을 습득하는 데 필요한 술식 계약에는 사람마다 상성이 있기 때문에, 아무리 마력 제어를 잘해도 습득하지 못하는 마법도 있어."

세리아가 살짝 얼굴을 찌푸리며 말했다.

마법이란 체내에 술식을 새기고 그 뒤에는 새긴 술식의 마술명인 주문만 외워 임의로 마술을 발동시키는 기법이다.

술식 계약이란 술식을 체내에 새기는 데 필요한 의식으로, 방법은 실로 간단하다. 특수한 촉매로 땅에 계약용 술식을 그리고 그 위에서 주문을 외우고 마력을 제어한다. 계약에 성공하면 술식이 체내에 새겨지고, 그 뒤로는 술식을 그리지 않고 주문만 외워도 마술을 사용할 수 있게 된다.

마력 양은 부모에서 아이에게로 유전되기 쉽고, 마법을 쓰는 사람과 쓰지 못하는 사람의 힘 차이가 큰 게 사실이었다. 따라서 마법을 쓰는 사람은 특권계급인 경우가 많았다. 젊은 왕후 귀족 중에는 마법을 무슨 선택된 사람만 쓸 수 있는 특수기능이라고 생각하는 사람도 있었다.

그리고 이유는 불분명하지만, 리오는 마법 습득에 필요한 마력을 보유하고 있다고 판명되었음에도 온갖 술식 계약에 실패해 마법을 하나도 습득하지 못했다. 실수가 없고 성적이 우수해 질투를 샀는데, 마법을 습득하지 못한다고 판명된 뒤로는 그 점을 중점적으로 야유받았다.

마법을 쓰지 못하는 리오는 역시 선택받지 못한 자에 지나지 않는다고.

"아하. 즉, 마법을 습득할 수 있는 것은 선택된 사람뿐이라는 말씀이군요. 감사합니다."

스튜어드는 자기주장이 부정당했음에도 만족한 모습으로 착석했다.

"그럼 다시 강의를 시작할게. 애초에—."

세리아가 작게 탄식하고 강의를 재개했다. 그 뒤로 강의는 순조롭게 진행됐고 눈 깜짝할 사이에 종료시각을 맞이했다.

그리고 강의종료 후.

"역시 세리아 선생님! 왕립학원 역사에 이름을 남긴 천재라 불릴 만 하십니다. 선생님의 깊은 식견에 감동했습니다!"

스튜어드가 세리아 곁으로 가 무척 감동하며 강의 감상을 말했다.

"아하하. 고마워."

세리아가 쓴웃음을 지으며 감사를 표했다.

한편, 리오는 얼른 자기 교재를 정리하고 교실을 나가려고 했다. 그랬는데—.

"아, 리오—."

"어이, 하층민. 마법도 제대로 못 쓰는 주제에 입과 손만 좀 쓰는 천한 네 놈이 이 강의를 왜 들어?"

세리아가 나가려는 리오에게 말을 걸려고 하자 스튜어드가 기분 나빠하며 끼어들었다. 리오가 걸음을 멈추고 돌아봤다.

"저는 마법은 습득하지 못하지만, 마술은 사용할 수 있습니다."

이 정도 트러블은 일상다반사다. 리오는 평소처럼 담담히 대응하기로 했다.

"그런 말이 아니야. 너 같이 비열한 놈이 이 교실에 있으면 이곳에 있는 부녀자들에게 위험을 끼치잖아."

스튜어드가 성을 냈다.

"그런 송구한 짓을 저지를 생각은 털끝만큼도 없습니다."

리오가 딱 자르고 고개를 저었다.

지위, 혈통, 명예, 수입. 모두 귀족 아가씨들이 추구하는 결혼조건이다. 그녀들은 태어나면서부터 사회적으로 더 나은 상대와 결혼해야 하는 의무를 강요받았다.

그러나 귀족이라고 해도 열두 살 전후의 소녀인지라 속물적인 조건보다 단순하게 잘생긴 남자에게 관심을 가지는 아이가 많은 것도 사실이었다.

리오는 아직 소년 같은 천진난만함이 남아있지만, 선천적인 중성적 외모가 날로 빛을 더했다. 고학년이 되자 리오의 외모에 끌려 불장난 비슷하게 말을 거는 여학생도 있긴 했지만, 리오는 그때마다 그런 권유를 전부 거들떠보지도 않았다. 거기에 상대방이 오히려 원한을 품고 근거도 없는 소문을 흘리기도 했다.

요즘은 잠잠하지만, 스튜어드는 필시 당시의 소문을 곧이곧대로 받아들였을 거라고— 리오는 생각했다. 그랬는데—

"거짓말하지 마. 요즘 네놈이 우리 학년 여학생을 꾀어내려고 했다는 소문이 있어."

스튜어드는 최근 이야기라고 했다. 리오가 의문스러워했다.

"꾀어내려고, 했다고요? 그런 기억은 없는데요…….."

혹시 지난날, 자신에게 편지를 준 여학생 이야기인가? 하지만 절대로 꾀어낸 적은 없었다. 리오는 고개 저었다.

"흥, 저번 대항시합 때 혼자서 기사를 이겼다고 해서 착각하지 말라고. 그런 건 우연이야. 네놈 실력이 아니야."

리오가 어물쩍 넘어가려고 하자 스튜어드가 시비를 걸었다.

실은 최근 본인이 모르는 사이, 주로 하급생 여학생 사이에서 리오의 주가가 조금씩 오르고 있었다. 계기는 지난번 기사와 한 대항시합이었다.

"그건 저도 잘 압니다."

"그럼 주제넘게 나서지 마. 특히 내 앞에서. 하층민이 나

대면 눈에 거슬려."

"그렇습니까. 그럼 당신이 있는 강의에서는 최대한 눈에 띄지 않도록 하겠습니다."

리오가 바닥에 납작 엎드렸지만, 스튜어드의 화는 가라앉지 않았다.

"흥, 그럼 내가 듣는 강의에 출석하지 마."

스튜어드의 말에 교실 안이 조용히 가라앉았다.

"스튜어드 군, 적당히 해."

세리아가 노기 담긴 목소리로 끼어들었다. 세리아가 서툴게 개입하면 화근을 남길 수도 있었으나 그냥 보고 넘길 수 있는 수준을 뛰어넘었다.

"이 남자 편을 드시는 겁니까?"

스튜어드가 울컥했다.

"너는 귀족이잖아? 정확한 증거도 없이 사람을 비난해선 안 돼. 지금 네 행동은 쓸데없이 약자를 괴롭히는 것으로밖에 안 보여."

세리아가 스튜어드에게 정연하게 충고했다.

"하지만 피해가 생긴 뒤에는 늦습니다. 이 녀석이 선생님께도 손을 댔다는 소문이 있습니다."

스튜어드가 더 물고 늘어졌다.

"리오는 나한테 손댄 적 없어. 설령 리오가 그런 남자애더라도 강사인 내 눈에 흙이 들어가기 전까지, 이 교실에서 그런 저속한 짓은 안 돼."

세리아가 의연히 대답했다. 그 기백에 스튜어드가 마지
못해 물러났다.

"……선생님께서 그리 말씀하신다면."

하지만 스튜어드는 리오를 노려보며 마지막으로 견제의
말을 남겼다.

"기억해둬, 하층민. 네가 무슨 짓이라도 하면, 내 본가인
유그노 공작가를 적으로 돌리는 거다."

"기억해두죠."

리오는 대답하고 세리아에게 고개를 숙인 뒤 그곳을 떠
났다.

야외연습 당일 아침.

왕도 벨트란트에서 마도선이라는 항공이동수단을 타고
북동쪽으로 두 시간 정도 이동하면 있는 삼림지대에 벨트
람 왕립학원 교복을 입은 학생들이 무장하고 모였다.

"그럼 통지받은 연습내용을 알려주마."

조 인원은 총 열 명. 리오가 소속한 조는 연습 전 브리핑
을 했다.

지휘관인 조장은 알폰스 로던이다. 리오와 알폰스 외에
크리스티나, 로아나, 플로라, 스튜어드의 얼굴이 보였다.

"본 연습은 적국의 침략행위가 발생한 사태를 상정한다.

소수정예로 적 대대의 발목을 잡은 우리 분대는 전투구역을 이탈하기 위해 이 산림을 돌파해야 한다. 따라서 적 추격자에게 걸리지 않기 위한 신속성과 은밀성이 요구된다.”

알폰스가 지도를 펼치며 설명했다.

“작전시간은 오늘 일몰까지. 그때까지 도착하지 못하면 크게 실점. 도착이 빠르면 빠를수록 좋다는 건 말할 것도 없지.”

이 연습의 성적은 졸업 자체에 영향을 주지는 않지만, 좋은 성적을 남기면 졸업하고 군부에 취직할 때 상당히 유리했다.

“이상이다. 제군, 정오 무렵까지 도착한다.”

알폰스가 자신만만한 표정으로 말했다.

“잠깐만요. 직선거리라면 가능할지 몰라도 여기는 산림지대예요. 이동시간이 평소의 배는 걸릴 테니 정오 무렵에 도착하는 건 무리예요.”

로아나가 어두운 표정으로 항의했다.

“괜찮습니다, 로아나 아가씨. 옛길로 가는 최단 코스를 이미 파악해뒀으니까요.”

알폰스가 미소를 잃지 않고 자신만만하게 대답했다.

“……무슨 말이죠? 시험장소가 발표된 건 어제인데요.”

로아나가 의아한 표정을 지었다.

“제 본가에서 일하는 사병이 모험가였는데 이쪽 지리에 밝더군요. 거리를 대폭 줄일 수 있는 옛길이 몇 개 있기에 알폰스 선배께 알려드렸습니다."

묵묵히 듣던 스튜어드가 득의양양하게 말했다.

"그랬습니다. 전쟁은 정보가 모든 것을 지배한다고 해도 과언이 아니니까요. 우리가 좋은 성적을 받는 건 떼 놓은 당상입니다."

알폰스가 기분 좋게 미소 지었다.

"저는 반칙이라는 기분을 지울 수가 없군요."

로아나의 표정은 계속 떨떠름했다.

"나도 명확한 뒷받침이 없는 정보를 과신하는 것은 꺼림칙해."

크리스티나가 냉담하게 의견을 냈다. 왕녀가 직접 낸 의견에 알폰스의 표정이 약간 어두워졌다.

"그 점에 관해서는 안심해주십시오. 제가 알아온 정보를 기록한 지도를 이 지도와 대조해보았는데 신빙성이 높았습니다."

약간 주눅이 든 알폰스 대신 스튜어드가 의젓하게 대답했다.

"……옛길로 들어서면 마물이나 사나운 짐승과 맞닥뜨릴 위험이 커질 것 같은데, 그 부분은 어떻게 생각하지?"

크리스티나가 눈을 가늘게 뜨고 알폰스를 보며 물었다.

"이 구역은 사전에 안전 확인이 끝났습니다. 그리고 이 연습은 적의 추적에서 도망치기도 해야 하니 옛길을 골라 가는 것이 이치에 맞지 않겠습니까."

알폰스가 쭈뼛쭈뼛 대답했다.

"그래, 그럼 됐어. 이 분대 지휘관은 당신이야. 맡길게."

크리스티나가 예상 외로 냉담하게 물러났다. 어디까지나 결정권은 지휘관에게 있다고 생각하는 모양이었다.

"맡겨주십시오. 반드시 우리 학년 최고 성적을 받겠다고 약속하겠습니다."

알폰스가 숨을 내쉬고 공손히 고개를 숙이며 선언했다.

그리고 대열과 마물 조우 시 대처법 등을 최종적으로 확인했다.

"어이, 리오. 영광으로 여겨라. 마법도 못 쓰는 거추장스러운 너도 할 수 있는 일을 준비했다. 우리 조 물자를 옮겨라."

알폰스가 약간 떨어진 곳에 있는 짐으로 시선을 던졌다.

시선 끝에는 짐으로 빵빵하게 부푼 특대 사이즈 배낭과 숄더백이 놓여있었다. 이 안에 연습 중에 필요한 물자가 전부 들어있는 것 같았다.

홀로 옮기기에는 너무 많은 양이었지만, 리오는 반론해 봤자 헛일이라고 판단했다.

"알겠습니다."

리오는 이의를 제기하지 않고 고개를 끄덕였다.

시험 삼아 배낭만 짊어져 봤는데 원래 신체능력으로는 체력이 금방 한계에 도달할 것 같았다. 하지만 신체를 강화하면 별문제 없었다.

리오는 몰래 신체를 강화했다. 마법이라면 나타나야 할

술식이 떠오르지 않았다. 리오가 신체를 강화했다는 걸 눈치챈 사람은 없었다.

그러자 리오에게 말을 거는 소녀가 나타났다.

"저, 저기, 괜찮으세요? 홀로 이렇게 많은 짐을 들면 무겁잖아요……."

플로라다. 그녀는 리오와 언니인 크리스티나보다 한 학년 아래인데, 리오가 지금까지 학원 내에서 그녀와 대화를 나눈 것은 딱 한 번뿐이었다.

플로라가 입학하고 며칠이 지난 어느 날, 리오는 유괴사건으로 그녀에게 고맙다는 말을 들은 적이 있다. 그 후에 몇 번 시선을 느낀 적이 있지만, 오늘에 이르기까지 그녀는 말을 걸지 않았다.

그렇다보니 플로라가 말을 건 것은 정말로 예상 못 한 일이라, 리오는 눈을 살짝 동그랗게 떴다.

"그, 저도 조금 나눠서 들까요?"

리오가 어떻게 반응해야 할지 모르자 플로라가 돕겠다고 했다.

"아뇨, 괜찮습니다. 걱정해주셔서 고맙습니다."

리오는 바로 미소 지으며 부드럽게 제안을 거절했다.

나쁜 아이는 아니었다. 차별의식이 강한 벨트람 왕국의 왕후 귀족 중, 플로라는 이례적이라고 할 만큼 다정한 성격이었다.

하지만 온실의 꽃과 나비처럼 소중하게 자란 폐해인지,

자신의 행동이 주위에 어떤 영향을 끼치는지 잘 모르는 것 같았다.

이 상황에 리오가 플로라의 제안을 받아들인다는 선택지는 없었다. 그런 짓을 하면 주위에서 비난받을 테니까. 애초에 플로라가 들 만한 무게도 아니었다.

리오는 마음만 감사히 받기로 했다.

"플로라 님, 그런 하층민과 말을 섞으시면 안 됩니다. 쓸데없는 존재와 연관되면 악영향을 받습니다."

그러자 알폰스가 나타나 리오를 깔보며 끼어들었다.

"맞습니다. 야만인이니 힘은 있겠죠."

스튜어드도 끼어들어 리오와 플로라를 떼어놨다.

리오는 꾸벅 고개를 숙이고 자리를 벗어나 출발을 기다렸다.

그리고 현재 리오 일행은 깊은 숲 속에 뻗은 옛길을 행군하는 중이었다.

걸어도 걸어도 울창하게 자란 초목밖에 보이지 않았다.

아직 정오 전인데 어두침침하고 서늘한 공기가 감돌았다. 가끔 먼 곳에서 새와 짐승의 새된 울음소리가 울려 퍼질 때마다 플로라가 움찔거렸다.

리오는 교복에 무장한 모습인 조원과 달리 무장에 배낭과 숄더백까지 맸다. 그 부담이 다른 멤버와 비교될 리 없었다.

그러나 그와 상관없이 같은 조 학생들은 걸음을 옮겼다. 가끔 플로라가 열의 가장 끝에서 걷는 리오를 걱정스레 뒤돌아봤지만, 리오의 얼굴에 지친 기색은 보이지 않았다.

"플로라, 한눈팔면 위험해. 넌 네 체력에 신경 써."

크리스티나가 안절부절못하는 플로라에게 주의를 줬다. 형식적이긴 하지만, 은밀 행동 중이라는 것을 의식했는지 조심스러운 목소리였다.

"하, 하지만 언니. 이런 건 이상해요. 왜 저 사람만 이런……."

플로라가 슬픈 표정으로 말했다. 심약해서 말대답하는 일이 거의 없는 동생의 예상 못 한 반응에 크리스티나가 눈을 살짝 크게 떴다.

"저 녀석은 신체능력을 강화하는 아티팩트를 장비했을 거야."

"지속적으로 신체능력을 강화하면 마력도 체력도 못 버텨요. 자주 쉬거나, 순서대로 교대해야……."

플로라가 리오의 부담을 걱정하자 크리스티나가 표정을 흐렸다.

"네가 학원에 입학하기 전에 저 녀석과 연관되지 말라고 말했을 텐데. 잊었어?"

"……잊지 않았어요. 그래서 계속 언니의 말을 지켰어요. 하지만 이유를 모르겠어요. 리오 님, 항상 혼자이시잖아요."

"그러게."

크리스티나가 간단하게 동의했다.

"그, 그러게, 라니……."

플로라는 기가 막혔다. 바로 곁에서 대화를 듣던 로아나가 괴로운 표정을 지었다.

"학원이라는 사회 속에서 저 녀석과 연관되는 건 서로에게 좋지 않아. 저 녀석도 바라지 않을 거야."

"무, 무슨 말씀이세요, 그럴 리가—."

"있어. 잡담은 여기까지 하자. 지금은 전투구역에서 이탈 중이라는 설정이니까. 그리고—."

크리스티나가 플로라의 말을 잘랐다. 바로 그때.

"마물이다!"

갑자기 알폰스가 소리쳤다. 조원들의 얼굴에 긴장이 감돌았다.

마물—. 상세한 생태계는 수수께끼에 휩싸인 초상(超常) 생명체다.

어느 정도 지능이 있는지 마물 이외의 여러 생명체에게 적대적이며, 죽으면 마석이라고 불리는 마력이 담긴 돌을 남기고 흔적도 없이 소멸하는 것이 특징이다.

리오를 제외한 남학생들이 일제히 허리에 찬 검을 뽑고 자세를 낮췄다. 여학생들은 빈틈없이 마법사가 들 법한 로드를 들었다.

지금은 연습 중이지만, 지금부터 시작될 전투는 연습이

아니다. 틀림없는 실전이다. 다만, 야외연습 중에 마물과 조우하는 것도 상정했기 때문에 학생들이 혼란에 빠지는 일은 없었다.

"다들 기죽지 마! 고블린이다. 수도 적어. 전위 네 명은 아티팩트로 신체능력을 올리고 돌격해서 적을 해치워라."

알폰스가 명령하자 전위 남자 네 명이 일제히 주문을 외웠다.

『^{인챈트 피지컬}신체능력 ^{어빌리티}강화마술』

학생들이 교복 아래에 찬 팔찌가 빛을 내며 장비자의 신체능력을 끌어올리는 마술을 발동했다. 아티팩트인 팔찌를 기점으로 기하학 문양 술식이 떠올라 사용한 학생들의 몸을 감쌌다.

주문을 발동키워드로 하는 아티팩트는 마법과 구조가 비슷하지만, 상성만 맞으면 인체에 여러 개의 술식을 새길 수 있는 마법과 달리 아티팩트에 봉할 수 있는 술식은 기본적으로 하나뿐이다. 상성이 안 좋아 술식 계약에 성공하지 못한 사람도 아티팩트는 이용할 수 있다는 이점이 있지만, 마술이 사전에 설정된 출력정도로만 발동하는 디메리트가 있었다.

네 남자는 있는 힘껏 땅을 박차고 고블린이라고 불린 추악한 난쟁이 같은 마물 무리에게 접근했다. 그리고 순식간에 고블린을 해치웠다.

고블린은 마물 중에서도 최약체라고 불리는 존재다. 아

직 열두 살 정도이긴 하나, 학원에서 본격적인 전투훈련을 받고 아티팩트로 신체능력을 강화한 학생들의 적수는 되지 못했다.

자갈만한 자그마한 마석을 남기고 고블린의 모습이 흔적도 없이 소멸했다.

"대단치는 않군요. 더 강한 마물이면 좋았을 텐데……."

쉽게 승리하자 기분이 좋아졌는지 스튜어드가 자랑스레 말했다.

"역시 스튜어드 군이야. 믿음직하군. 그에 비해 저 도움 안 되는 놈은……."

알폰스가 신이 난 스튜어드를 칭찬하고 리오에게 시선을 던졌다.

리오는 가만히 숲 안쪽을 쳐다보느라 알폰스의 말이 들리지 않는 모양이었다.

"어이, 리오! 전투가 끝났다. 멍청히 서 있지 마! 두고 간다!"

그 모습이 마음에 들지 않는지 알폰스가 화내며 소리쳤다.

"죄송합니다."

리오는 대답하고 숲에서 시선을 뗐다. 곧장 이동이 재개됐다.

조금 전까지 리오가 쳐다보던 숲 안쪽 초목에 한 남자가 숨어있었다.

레이스다. 검은 로브로 온몸을 가리고 죽은 사람처럼 기척을 숨겼다.

"위험해, 위험해. 설마 이 거리에서 눈치챌 줄은……. 터무니없는 아이로군요."

레이스가 감탄한 것처럼 중얼거렸다. 사실은 더 가까이 가고 싶었지만, 더는 거리를 좁히지 않는 게 좋을 거라 판단했다.

"5년 전에 제 부하를 쓰러뜨린 사람이 정말 그일 수도 있겠군요. 유그노 공작가에 잠입시킨 첩자도 제 몫을 다한 것 같고, 저도 제 일을 하는 김에 그의 실력을 살짝 확인해볼까요……."

레이스는 즐겁게 중얼거리고 악마처럼 섬뜩한 미소를 지었다.

◇ ◇ ◇

리오 일행은 그 뒤에도 순조롭게 행군했다.

나타나는 마물은 고블린뿐. 위험다운 위험은 없었다. 남학생들은 여학생들에게 조금이라도 잘 보이려고 경쟁하듯 고블린을 토벌했다.

스튜어드가 제공한 주변 지역 정보가 실로 적확해서 이대로 가면 정말로 정오 무렵에 목적지점에 도착할 수 있을 정도로 일이 잘 풀렸다.

그러나 그들이 모르는 곳에서 사건은 벌어지고 있었다.

낯선 산림지대 행군에 학생들의 피로가 축적됐다. 처음에는 긴장감 넘쳤던 고블린 퇴치도 곧 사무작업처럼 담담히 처리하기 시작했다.

그러나 본래대로라면 제일 먼저 피폐해졌을 리오가 아무리 지나도 가뿐해 보여서, 남학생들은 대항의식을 불태우며 절대 약한 소리를 내뱉으려하지 않았다.

"또 고블린인가. 왠지 아까부터 수가 많아지지 않았습니까?"

"기분 탓이겠지. 한 마리가 보이면 서른 마리가 있는 거라 생각하라는 말이 있을 정도니까."

스튜어드와 알폰스가 낙관적인 대화를 나눴다.

그렇게 일각(약 30분) 정도의 시간이 지났을 때였다.

갑자기 시야를 가리던 나무들이 사라졌다. 눈앞에 맑게 갠 파란 하늘이 펼쳐졌다.

숲을 빠져나왔다. 목표지점에 근접했다고— 모두가 그렇게 생각했다.

나무가 사라진 끝에는 너른 공간이 펼쳐졌고, 그 끝에는 또 숲이 펼쳐져 있었다. 아니, 눈 아래에 숲이 펼쳐져 있다는 표현이 더 맞지 않을까.

그렇다. 리오 일행은 절벽 위로 올라오고 말았다. 멍하니 벼랑 끝으로 걸어가니 30미터 정도 아래에 숲이 펼쳐졌다. 아래로 내려갈 수 있다면 목표지점까지 아주 조금이었지만, 생명줄도 없이 내려가는 것은 자살행위였다.

"어이, 이거, 정보가 틀린 게……."

"아아, 어떡할 거야. 온 길을 되돌아가면 시간이 상당히 허비될 거라고."

두 남학생이 스튜어드를 힐끗거리며 중얼거렸다.

조는 스튜어드가 제공한 정보를 기초로 움직였다. 지금까지 한 고생이 헛수고가 될지 몰라, 썰렁한 분위기가 감돌았다.

"저한테 뭐 하실 말씀이라도 있으십니까?"

스튜어드가 소곤소곤 대화하던 학생들에게 화난 목소리로 물었다.

"아, 아니. 아무것도 아니야. 그렇지?" "응."

학생들이 황급히 고개 저었다. 이 두 사람은 6학년이지만, 5학년인 스튜어드에게 대놓고 뭐라고 할 수 없었다. 그들의 본가는 스튜어드의 본가인 유그노 공작가를 거스를 수 없기 때문이었다.

불만스러운 시선은 당연하게 지휘관인 알폰스를 향했다. 알폰스의 본가인 로던 후작가도 상당한 명가이지만, 유그노 공작가만은 못했다.

"뭐, 뭐야, 그 눈은? 불만 있으면 직접 말하지그래?"

알폰스가 자기를 보는 학생들을 위협했다.

"그럼, 잠깐 괜찮을까?"

크리스티나가 솔선해서 입을 열었다.

"무, 무엇이신지요."

제1왕녀 전하의 등장에 알폰스의 표정이 굳었다.

"이제 어디로 가면 되지? 길이 여기서 끊겼는데."

크리스티나는 현시점에서 가장 우선도가 높은 문제의 대답을 요구했다. 항의를 들을 줄 알았던 알폰스는 허탕을 쳤다.

그러나 곧 차라리 정면에서 비난받는 게 낫지 않았을까 하는 생각이 들었다. 이 돌발적인 사태에 어떻게 대처하면 좋을지, 알폰스는 전혀 생각나는 게 없었다.

그렇다기보다, 책임회피에 온 신경이 쏠려서 생각할 여유가 없었다.

"그것은, 말이지요……. 으음……."

"이 분대의 지휘관은 너잖아. 저기 있는 스튜어드가 제공한 부정확한 정보를 과대평가하고 작전을 세운 것은 너니까, 이런 사태도 상정했을 테지?"

크리스티나는 말이 막힌 알폰스를 담담히 추궁했다.

"제, 제 정보가 부정확하다니……."

"일개 병졸인 너한테 묻지 않았어."

스튜어드가 옆에서 끼어들자 크리스티나가 말을 잘랐다.

"군대에서 지휘관의 말은 절대적이야. 지금 우리는 훈련이지만, 군대와 같은 일을 하고 있어. 지휘관인 네가 가라고 하면 가는 수밖에 없어. 네 명령 하나로 부대에 만일의 사태가 발생할 수도 있다는 것을, 잘 알아줬으면 좋겠군."

"네, 넷."

알폰스가 새파랗게 질린 얼굴로 고개를 끄덕였다. 조 안에 참을 수 없는 정적이 흘렀다.

그때였다. 등 뒤의 숲에서 나무를 잘라 만든 창 하나가 날아와 한 남학생의 몸을 꿰뚫었다.

"어……?"

복부에 창이 꽂힌 학생이 당황한 소리를 흘렸다.

"오, 오크예요! 몇 마리 더 있습니다! 방어를!"

로아나가 곧바로 적을 발견하고 학생들에게 알렸다.

오크는 고블린과 비교할 수도 없을 정도로 흉포한 마물이다. 몸길이가 2미터를 넘고 완력은 인간 성인을 훨씬 뛰어넘으며, 고블린과 무리 지어 행동하기도 했다.

"저, 전위! 방패를 들어 창을 막아라. 후위는 부상자에게 《힐》을!"

알폰스가 얼른 지휘를 내렸다.

그러나 학생들이 행동을 개시하는 것보다 마물들의 추가 공격이 먼저 날아왔다. 날아온 창은 세 개. 하나는 땅에 꽂혔고, 다른 하나는 리오에게 접근했다.

리오는 허리에 찬 바스타드 소드를 소리도 없이 발도해 순식간에 베어버렸다. 한편, 마지막 히니는 스튜어드의 몸을 꿰뚫었다.

"으아아아악! 뽑아줘, 뽑아줘어어!"

스튜어드가 괴성을 지르며 발광했다. 창피고 체면이고 없었다. 스튜어드는 고통으로 혼란스러워졌는지 근처에 있던 남학생들에게 뛰어들었다.

"으아악! 그만해!" "이, 이봐, 오지 마!"

피로 물든 교복을 보고 겁이 난 학생들이 스튜어드를 밀쳤다. 떠밀린 스튜어드가 플로라와 부딪혔다.

"꺅!"

다친 남학생을 치료하던 플로라가 튕겨 나가 절벽 아슬아슬한 위치에 쓰러졌다. 그 충격으로 약해진 절벽 끝의 흙이 와르르 무너져 쏟아졌다.

"플로라!"

눈앞의 마물에 집중하던 크리스티나가 플로라의 비명을 듣고 황급히 뒤를 돌았다. 그때, 플로라는 무너진 절벽 끝에 휘말려 떨어지는 부유감에 공포에 질려 있었다.

"힉, 도, 도와……."

플로라가 뭐라도 잡으려고 시선을 헤매다 리오와 눈이 마주쳤다.

그 순간, 리오는 너무나 괴로운 표정을 짓다가 등과 어깨에 멘 짐을 난폭하게 집어 던지고 단숨에 달려갔다.

이미 플로라의 몸은 절벽에서 떨어져 사라지고 있었다.

서둘러— 오직 그 마음만으로, 리오는 믿을 수 없는 속도로 질주했다. 그리고 눈 깜짝할 사이에 절벽에 도착해 조금의 망설임도 없이 절벽에서 뛰어내렸다.

똑바로 손을 뻗었다. 허공을 쥔 플로라의 손을, 리오가 단단히 잡았다. 일 초, 리오가 일 초라도 늦게 달렸다면 잡지 못했을 터였다.

리오와 플로라의 시선이 공중에서 마주쳤다. 플로라가 안심했는지 울 것 같은 표정을 지었다. 그러나 아직 안심하기에는 일렀다.

이대로라면 두 사람은 사이좋게 높이 30미터의 줄 없는 번지점프를 체험할 처지였다. 플로라만이라면 아직 구할 수 있었다.

"미안."

리오가 속삭이고 플로라의 손을 잡아당겨 가까이 끌어당겼다. 그리고 팽이처럼 몸을 회전시켰다.

"꺅!"

귀여운 비명이 들린 순간, 리오는 몸이 회전하는 힘과 일반인을 뛰어넘은 완력을 최대한 활용해 플로라를 절벽 위로 집어 던졌다.

"꺄악!"

플로라의 몸이 털썩 절벽 위에 떨어졌다.

'저 위치라면 괜찮을 거야.'

약간 쓸렸을 수도 있지만, 그 정도는 양해해주길 바랐다.

리오는 미소 지었다. 그러나 안심도 잠깐, 플로라를 구한 대가가 현재 진행형으로 덤벼들었다.

그렇다. 리오는 고도 30미터 절벽 아래로 떨어졌다.

리오가 플로라를 구하고 절벽 아래로 떨어지는 광경을 본 조원들은 아연실색했다.

"윽, 지금은 마물을 절멸시키는 것이 먼저예요, 알폰스!"

로아나가 제일 먼저 정신을 차리고 알폰스를 집중시켰다.

"지, 지켜라! 남자 전위는 창을 들고 크리스티나 님과 플로라 님의 벽이 되어라! 후위는 공격마법으로 탄막을 쏴라. 로아나 군은 부상자 치료를. 대열을 짜라!"

알폰스가 지휘를 내리자 태세가 바로잡혔다.

그 뒤의 전투는 일방적인 유린이었다. 전위가 창으로 벽이 되고 후위가 부상자를 치료하며 공격마법을 사용해 마물을 죽였다.

당연했다. 마법을 쓰는 인간의 공격력은 차원이 달랐다.

왕립학원에 다니는 아이들이 처음 배우는 초보 공격마법도 인간에게 중상을 입힐 정도의 위력이었다. 정면으로 싸우면 여기 있는 학생 혼자서도 고블린 무리 정도는 일방적으로 죽일 수 있는 공격력을 가졌다.

그래서 마도사가 마법을 쓰지 않는 사람을 상대하는 경우에는 중거리 이상의 거리를 갖고 싸우는 것이 정석이다. 거리만 둘 수 있다면, 상대에게 공격마법을 막을 수 있는 기동력이나 방어력이라도 있지 않은 한 마도사가 지는 일은 없었다.

"《전탄마법》."

크리스티나의 전격탄 여러 발이 마지막까지 살아남은 고블린의 몸을 꿰뚫었다. 마석을 남기고 마물의 모습이 흔적도 없이 사라지는 것으로 전투가 끝났다.

두 명의 부상자가 생겼으나 알폰스의 명으로 치료하던 로아나 옆에 플로라가 붙어서 큰일은 일어나지 않았다.

문제는 플로라가 절벽에서 떨어질 뻔한 바람에 리오가 행방불명이 된 것이었다. 그 점을 의식하고 있는지 침착함을 되찾은 학생들 사이에 미묘한 분위기가 흘렀다.

"그, 플로라 님은 어쩌다 절벽에서 떨어지실 뻔하신 겁니까?"

지휘관으로서 상황을 정리하기 위해 알폰스가 어색하게 물었다.

"다친 분께 《힐》을 쓰려고 했는데 뒤에서 갑자기 누군가에게 부딪혀서……."

플로라가 당황해서 대답했다.

"부딪친 사람은 누구입니까?"

알폰스가 묻자 한 여학생이 머뭇머뭇 손을 들고 망설이며 말했다.

"저기이, 왕녀 전하가 넘어지신 선 스튜어드 군이 부딪쳐서……. 저는 플로라 님 곁에 있었거든요."

소녀의 목소리와 안색이 좋지 못했다. 스튜어드를 두려워했다. 막 치료를 끝낸 스튜어드가 그 학생을 귀신처럼 노려보았다.

"내가 잘못했다는 건가? 나도 떠밀렸어! 나는 피해자라고!"

스튜어드가 진심으로 그렇게 믿고 의심하는 것처럼 소리쳤다.

"아, 아뇨. 스튜어드 군이 잘못했다는 게 아니에요."

스튜어드가 노려보자 발언한 소녀가 위축됐다.

"그럼 누가 잘못했다는 거야?"

"아, 아뇨, 그건…… 스튜어드 군을 떠민 사람이요?"

"그래! 그때 나를 떠민 녀석이 있어! 그놈이 범인이야!"

스튜어드가 타인에게 책임을 전가하려고 했다.

"지금은 범인을 찾을 때가 아니지 않나요?"

로아나가 대화 전개 내용에 난처한 표정으로 말했다.

스튜어드가 울컥해서 로아나를 봤다.

"그, 그럼, 어떻게 해야……?"

알폰스가 황급히 로아나에게 물었다.

"그를 도울 건지, 이 숲에서 나갈 건지. 둘 중 하나 아니겠어요?"

로아나가 조금 불쾌한 표정으로 무슨 당연한 말을 묻는 거냐는 듯이 말했다.

"그, 그것은 저 혼자만의 견해로는……"

"무슨 말이에요……? 이런 때를 위해 지휘관이 필요한 거잖아요."

지휘관으로서 해서는 안 되는 알폰스의 말에 로아나는 기가 막혔다.

"부, 분대 내의 의견도 존중하고 싶습니다. 다들 어떻게 생각해?"

알폰스가 분대 구성원들에게 의견을 물었다.

"애초에 살아있긴 한 건가?"

"죽지 않았을까? 높이 좀 봐. 어떻게 내려가려고?"

"그렇지. 이 상황에 일부러 생사불명의 평민을 찾으러 가는 건 너무 위험도가 높아."

리오의 구출에 소극적인 의견이 교차했다.

그때 누군가가 천천히 입을 열었다.

"저를 떠민 사람. 사실은 그 하층민입니다."

스튜어드다. 표정이 묘하게 진지했다. 그에게 학생들의 주목이 쏠렸다.

"그때, 그 겁쟁이는 전투 분위기에 겁을 먹었는지 다친 저를 있는 힘껏 떠밀었습니다. 그 탓에 저는 부득이하게 플로라 공주님께 부딪치고 말았죠……."

스튜어드가 비통한 표정을 지으며 말했다.

"……즉, 왕족 살해의 죄가 두려웠던 그 남자는 필사적으로 플로라 님을 구했지만, 대신 자기가 절벽에서 떨어졌다는 말인가? 그럼 스튜어드 군은 과실이 없나……."

알폰스가 이해했다는 듯이 말했다.

"그, 그럴 리 없어요! 그 사람은 저를 구해줬다고요!"

플로라가 곧바로 이해할 수 없다며 항의했다.

"하지만 실제로 그 남자가 저를 떠밀었는걸요? 그렇죠?

선배들.”

스튜어드가 두 남학생을 보며 물었다. 그들은 조금 전에 **스튜어드를 떠민** 학생들이었다. 두 남학생이 흠칫했다.

“아, 맞아. 분명히 봤어.”

“나, 나도 봤어.”

그리고 약간 상기된 목소리로 수긍했다. 스튜어드가 미소 지었다.

“정말 목격한 거겠지?”

크리스티나가 깊고 조용한 목소리로 물었다.

차가운 시선에 스튜어드 일행이 무심코 한 발 뒤로 물러났다.

“네, 네네. 틀림없습니다.”

스튜어드가 제일 먼저 고개를 끄덕였다. 두 남학생이 뒤를 따랐다.

“……그래. 다른 사람들은 어때? 당시 상황을 본 사람 없어?”

크리스티나가 주변 학생들을 둘러보며 물었다.

조원들은 반응하지 않았다. 서로의 얼굴을 보며 어색하게 침묵했다.

“그때는 모두 마물 대처에 쫓겼으니까요……. 엘리제, 당신은 뭔가 보지 못했어요?”

로아나가 조금 전, 스튜어드가 플로라에게 부딪쳤다고 증언한 소녀에게 물었다.

스튜어드가 엘리제라고 불린 소녀를 차갑게 쳐다봤다.

"어…… 아, 아뇨, 글쎄요……. 저도, 그것까지는 못 본 지라……."

엘리제가 묘하게 위축된 모습으로 대답했다.

"정말이죠?"

"네, 네!"

로아나가 재차 확인하자 엘리제는 흠칫 몸을 떨며 수긍했다.

"그럼 어서 방침을 정하죠? 더 이야기해봤자 제자리걸음이니까요."

로아나가 기분 나쁘게 알폰스를 쳐다봤다.

"이, 일단 이 숲에서 탈출한다는 방향으로 괜찮으십니까? 왕녀 전하의 안전을 맡은 몸으로서 더는 이곳에 머물 수는 없습니다."

알폰스가 당황해서 크리스티나에게 판단을 넘겼다. 그의 본심은 리오를 구하러 가 시험을 완전히 날리느니 리오를 자업자득으로 만들어 내버려두고 시험을 속행해 가능한 실점을 막는 방향으로 가고 싶었다. 그 전제에는 없어진 게 평민인 리오라면 일이 커지지 않을 것이라는 타산적인 생각이 있었다.

"일일이 내 안색 좀 살피지 말지 그래? 지휘관은 너니까 네 기량으로 조원을 이끌어. 아까부터 장황하게 뭐하는 거지?"

크리스티나가 기분 나빠 얼굴을 찌푸리고 화를 감추지 않으며 말했다.

"네, 네! 그럼 당장 이곳을 벗어나 목적지점으로 향합시다."

알폰스가 혈기가 사라진 얼굴로 황급히 결론을 내렸다.

"기다려요! 그 사람을 버릴 셈이에요?"

플로라가 엄한 어조로 말했다.

"우, 우리는 조를 짜서 행동하고 있습니다. 자업자득으로 절벽에서 떨어진 남자를 위해 조를 움직여 위험을 부담할 수는 없습니다."

기가 눌린 알폰스가 겸연쩍게 말했다.

"뭣, 자업자득이라니……. 그럼…… 그렇다면 제가 절벽에서 떨어질 뻔한 것도 자업자득이에요. 저 혼자서 그를 구하러 가겠어요."

플로라가 순간 말을 잃었다가 결연하게 말했다.

"안 됩니다! 무슨 말씀이세요, 플로라 님."

로아나가 황급히 플로라에게 간언했다.

"로아나! 당신까지……. 그는 큰 상처를 입고 도움을 기다리고 있을지도 몰라요."

"……가능성과 우선순위의 문제예요. 그가 무사한지 어떤지도 모릅니다. 하지만 그가 무사하든 아니든 시험은 아직 속행되고 있어요. 부정확한 가능성에 의지해 평민 한 사람을 위해 이 연습을 완전히 허투루 만들 수는 없습니다. 그것이 지휘관인 그의 판단이에요."

"그, 그러니까, 내가 혼자 간다고…….

로아나의 말에 플로라가 쩔쩔맸다.

"왕족인 너를 홀로 두고 갈 리 없잖아."

크리스티나가 조금 기막힌 기색으로 끼어들었다.

"하, 하지만!"

"진정해. 완전히 버리고 가겠다는 말은 안 했어."

"……네?"

플로라가 의문을 표했다.

"이 조의 연습이 끝나면 바로 탐색대를 편성하겠어. 그러니—."

크리스티나가 제안하려고 했을 때, 이변이 일어났다.

"음머어어어어!"

숲 속에서 섬뜩한 포효가 들렸다.

대기가 진동하고 나무가 흔들렸다. 놀란 숲 속의 동물들이 일제히 달아났고, 학생들이 몸을 흠칫 떨었다.

쾅, 쾅, 쾅, 쾅. 일정한 리듬으로 땅을 치는 소리가 울렸고, 이윽고 한층 거대한 소리가 울려 퍼졌다. 마치 거대한 무언가가 달리는 소리 같았다.

그때, 거대한 그림자가 숲 속에서 하늘로 거칠게 뛰어올랐다.

"뭐, 뭐죠?"

로아나가 상공을 올려다보며 외쳤다. 그곳에는 인간 형태의 거대한 생명체가 있었다. 손에는 바위로 가공한 검을 닮은 무기를 들었다. 그러나 분명 인간은 아니었다.

그것은 공중에서 학생들을 확인하고 히죽 사나운 미소를 띠었다. 그리고 다시 숲 속으로 낙하해 착지했다. 땅 울림과 함께 굉음이 울려 퍼졌다.

작은 지진이 일었고 약해진 절벽 끝이 무너졌다.

"저, 절벽이 무너져요!"

로아나가 소리치자 학생들이 황급히 절벽 끝에서 멀어졌다.

그러나 숲에 들어가는 짓은 하지 않았다. 숲 속에는 그 괴물이 있었다.

"이쪽으로 오고 있어요. 알폰스! 어떻게 하죠?"

로아나가 소리치며 지휘를 요청했으나 알폰스는 허둥거리기만 했다.

"어, 아, 어, 어떡하냐니……?"

"싸울지, 도망칠지 말이에요! 어서 지휘를!"

로아나가 초조한 알폰스를 재촉했다. 그러는 사이에 다가온 수수께끼 괴물의 거대한 실루엣이 서서히 숲 속에 나타났다.

"히익……."

너무나 불길한 존재감에 학생들의 얼굴이 공포로 일그러졌다. 몸이 움츠러들고 다리가 떨렸다.

한 발, 한 발, 확실하게 거리를 좁힌 괴물이 조원들에게 전모를 드러냈다.

그것은 소가 악마가 된 것 같은 생김새였다. 머리에 날카롭고 두꺼운 뿔이 돋았고, 눈은 붉게 빛났으며 사나운 광기를 품었다.

신장은 약 4미터는 될까. 몸을 덮은 딱딱한 검은 피부에 두꺼운 근육이 울퉁불퉁 솟았으며 엉덩이에는 채찍 같은 긴 꼬리가 달렸다.

"아…… 괴, 괴물……."

압도적인 존재감에 학생들의 표정이 절망으로 일그러졌다.

그러나 홀로 전의를 상실하지 않은 사람이 있었다. 크리스티나.

"뭘 멍하니 있어! 살해당한다!"

크리스티나가 로드를 앞으로 내밀고 주문을 외웠다.

"《전구마법》."

로드 끝에 기하학 문양의 술식이 떠오르더니 강력한 전격을 압축한 구체가 세차게 사출됐다. 찌릿찌릿 공기를 흔들며 지름 1미터는 되는 전구가 소머리 거인을 덮쳤다. 학생들의 눈에 희망의 빛이 밝았다. 그러나─.

"음머어어어!"

소머리 거인이 괴성을 지르고 손에 든 바위 대검을 들어 전구를 수직으로 내리찍었다. 쾅 하는 굉음과 함께 모래 먼지가 실린 충격파가 퍼졌다.

"뭣……."

그 크리스티나가 말을 잃었다.

《썬더볼》은 지금 그녀가 할 수 있는 공격마법 중에 최강 클래스의 위력을 가진 마법이었다. 그것이 이리 간단하게 막혔으니 그럴 만도 했다. 너무나 압도적이었다.

"크흐흣."

멍하니 있는 크리스티나를 보고 소머리 거인이 섬뜩한 미소를 지었다.

"히익……."

크리스티나가 몸을 움찔했다.

"주, 죽여! 어, 얼음 속성 마법이다! 전위는 《인챈트 피지컬 어빌리티》를 사용해 몰아붙여라!"

알폰스가 공황상태에 빠져 소리쳤다. 천천히 다가오는 저것이 무서워서, 학생들은 죽고 싶지 않다는 마음 하나로 일제히 주문을 외웠다.

"《빙창마법》."

후위의 플로라, 로아나, 엘리제 세 사람이 로드를 들고 모여 같은 마법 주문을 외웠다. 로드 끝에 술식이 떠오르고 날카로운 얼음 창이 발사됐다.

"《인챈트 피지컬 어빌리티》."

남학생들도 주문을 외웠다. 팔찌가 빛나고 술식이 떠올라 신체능력을 강화했다. 그들은 얼음 창의 뒤를 쫓아 돌격했다.

그러나 소머리 악마는 거대한 몸에 어울리지 않는 가벼

운 동작으로 그 자리를 벗어나 얼음 창을 모두 피했다. 그리고 전위의 한 남학생 옆으로 접근해 손에 든 검을 후려쳤다.

눈앞에 바위가 접근하자 학생의 얼굴에 공포가 떠올랐다. 그래도 일반인이 발휘할 수 있는 한계를 뛰어넘은 신체능력으로 신속히 반응해 방패를 들어 방어했다.

그 결과, 남학생의 몸이 수평으로 날아가 수목에 등부터 부딪혔다. 그는 "크어억……!" 하고 입에서 피를 흘리며 그대로 바닥에 쓰러졌다.

그것을 본 다른 학생들은 완전히 전의를 잃고 말았다. 맹렬히 앞으로 움직이던 발도 멈췄다. 깨달았다. 무리다, 이길 리 없다는 것을.

"퇴, 퇴각! 퇴각이다! 도망쳐어!"

알폰스가 비명처럼 외쳤다.

학생들이 흩어지는 거미 새끼처럼 숲 속으로 도망쳤다.

소머리 거인이 "카카카" 하고 웃으며 그 뒤를 천천히 쫓았다. 마치 학생들이 당황해 부산떠는 모습을 즐기는 것 같았다.

한편, 크리스티나는 조금 전의 전구가 막힌 충격이 가시지 않았는지 멍하니 서 있었다.

"크리스티나 님, 정신 차리세요!"

로아나가 크리스티나의 이변을 깨닫고 황급히 몸을 흔들었다.

"어, 응. 고마워. 플로라는?"

정신 차린 크리스티나가 물었다.

"안 보이십니다. 아마 이미 도주하신 것 같아요. 우리도 서두르죠."

"알았어."

크리스티나가 복잡한 표정으로 로아나와 함께 그 자리를 벗어났다.

시간을 조금 되돌려, 리오는 절벽에서 숲을 향해 빠른 속도로 떨어지고 있었다. 높이는 약 30미터. 심장이 붕 뜨는 기분 나쁜 느낌이 들었다. 무섭다. 무섭지 않을 리 없다. 실수만 안 하면 죽지는 않을 거란 걸 알면서도—.

리오는 심호흡하고 육체의 마력을 방출해 전력으로 육체 강도를 강화했다.

마법은 주문영창이 필요 없고, 술식 마방진이 떠오르지도 않는다. 당연하다. 지금 리오가 쓰는 것은 마술이 아니니까.

신체 강화에는 신체능력 강화와 육체 강도 강화 두 종류가 있는데, 이 중 마법으로 강화 가능한 것은 신체능력뿐으로, 육체 강도 강화는 현재의 마술지식으로는 불가능했다.

신체능력만 강화했을 경우, 강화된 신체능력에 육체가

따라가지 못하고 망가지는 경우가 있어서 많은 나라에서 육체 강도 강화를 실현하기 위해 연구에 매진했으나, 어느 나라도 실현의 실마리조차 찾지 못한 것이 오늘날의 상황이다.

그런데 어찌 된 일인지 리오는 마법이 아닌 힘으로 신체 능력뿐만 아니라 육체도 강화할 수 있었다. 5년 전, 리오가 아마카와 하루토의 기억을 되찾은 날, 수수께끼 소녀의 목소리를 계기로 각성한 힘이다.

리오는 그 밖에도 이 세계 사람과 다른 점이 많았다.

예를 들면 술식에 마력을 주입해서 마술을 다룰 수는 있어도, 육체에 술식을 새겨 마법을 습득하는 것은 못한다.

또 예를 들자면 보통은 눈으로 볼 수 없는 순수한 마력을 희미한 빛으로 볼 수 있다.

그리고 예를 들면 술식 계약으로 체내에 마술을 새기지 못해도, 술식의 마력 흐름을 모방하고 제어해서 그 마술을 비슷하게 재현할 수 있다.

그래, 예를 들면 이렇게―. 리오가 지면을 향해 두 손을 뻗었다.

리오의 두 손에 엄청난 돌풍이 휘몰아쳤다. 역분사된 돌풍에 리오의 낙하속도가 급속히 줄어들었다.

완전히 낙하를 저지할 수는 없지만, 속도가 줄어드는 것으로 충분했다.

리오는 손을 뻗어 바람을 분출해 낙하지점을 조정하고

두께가 적당한 나뭇가지를 잡았다. 낙하 기세를 완전히 죽이고 나뭇가지에서 손을 놓아 화려하게 땅에 착지했다.

"으쌰."

일단 위기는 넘겼고, 리오는 이제 어떻게 해야 하나 생각하며 절벽 위를 올려다봤다.

솔직히 위로 돌아가 합류하는 것은 그렇게 어려운 일이 아니었다. 신체를 강화하면 30미터 절벽 정도는 오를 수 있고, 떨어진다고 죽을 걱정도 없었다.

그러나 마법을 쓸 수 없는 리오가 상처 없이 절벽 위로 돌아가면 이상하게 생각할 게 분명했다.

그건 좀 귀찮았다. 하지만 위의 상황을 살필 필요는 있었다.

"일단 올라갈 수 있는 만큼만 올라가자."

리오는 중얼거리고 작게 한숨을 내쉰 뒤, 행동을 개시했다.

눈 깜짝할 사이에 절벽을 올라 위로 돌아온 리오는 나무 그림자에 숨어 학생들의 모습을 살폈다. 마침 학생들을 습격한 마물을 거의 전멸시켰을 때쯤이었다.

학생들이 망설이며 앞으로의 방침을 이야기하기 시작했다.

대화 내용은 지독했다. 지휘관인 알폰스도, 플로라를 날려버린 스튜어드도 자기 보신밖에 생각하지 않았다.

대부분의 학생이 기습에 정신을 빼앗겨 플로라가 떠밀렸을 때의 상황을 제대로 목격하지 못했다. 그 점을 기회

삼은 스튜어드가 사실을 왜곡했을 때는 희미한 미소가 떠오르는 것을 막지 못했다.

그 결과, 플로라가 절벽에서 떨어진 책임을 전부 리오가 떠맡게 됐다.

당사자인 플로라가 필사적으로 변호했지만, 플로라 자신도 스튜어드의 진술을 뒤집을 장면을 목격하지 못해 묵살됐다.

하지만 신기하게도 실망스럽거나 절망스럽진 않았다. 처음부터 기대 따위 하지 않았으니까.

리오는 권력이 힘인 신분사회의 밑바닥에서 살았다. 신분사회 속에서는 신분 자체가 권력이다. 절대적인 권력만 있으면 대부분의 억지가 통했고, 권력을 억제한다는 사상이 존재하지 않기에 권력의 폭주를 막을 수 있는 것은 같은 권력뿐이었다.

그래서 신분사회에서 사는 이상, 귀족도 뭣도 아닌 리오는 권력에 저항할 수 없었다. 그것이 현실임을, 리오는 이미 오래전에 배웠다.

그래도 귀족의 배움터인 왕립학원에 다니기로 한 것은 배워야만 하는 것이 많았기 때문이다. 졸업까지만 지속되는 관계라고 선을 그어놨었고, 세리아와 함께 있는 시간이 편했기에 괴롭긴 했지만 더는 못 참겠다고 느낀 적은 없었다.

하지만 이제 때가 된 것 같았다. 가령 이대로 학원으로 돌아가더라도 플로라가 절벽에서 떨어질 뻔한 일로 온갖 의심을 받고 귀찮은 실랑이에 휩쓸릴 가능성이 컸다. 그리고 리오에게는 그렇게 됐을 때, 부당한 의혹을 뿌리칠 힘이 없었다.

그렇다면 아예 이대로 학원에서 사라지는 게 좋지 않을까.

사실은 졸업하고 학원을 나갈 생각이었지만, 요 5년 동안 리오가 배울만한 것은 대부분 배웠다. 그래서 더는 이 학원에 남아있을 필요가 없었다.

지금 자기가 살아있다는 걸 누구에게도 보고하지 않으면 리오는 죽은 것으로 처리될 터였다. 최소한의 여장을 꾸리기 위해 학원 기숙사로 돌아가야 했지만, 시간대를 골라 신중하게 하면 아무에게도 들키지 않고 잠입하는 것은 불가능하지 않았다.

문득 리오의 머릿속에 세리아의 얼굴이 떠올랐다. 그러나 언젠가 결단을 내려야 하는 일이었다.

해볼까─. 리오는 망설인 끝에 결의를 다졌다.

악마 같은 소머리 거인이 갑자기 모습을 드러낸 것은 그때였다.

학생들은 순식간에 패닉을 일으켰다. 순간 가세할 생각도 했지만, 자신을 버리려고 했던 사람들을 적극적으로 도울 의리는 없었다.

리오는 나무 그늘에 숨어 상태를 살폈다.

소머리 거인은 굉장히 강했다. 싸운다 해도 학생들이 이길 확률은 한없이 낮았다.

그런데 리오는 이상하게도 적이 전력으로 싸우는 것처럼 보이지 않았다.

저 정도 거구에 예사롭지 않은 신체능력을 자랑하니, 마음만 먹으면 단번에 간격을 좁혀 승패를 정할 수 있을 터였다.

그런데 저것은 거칠게 움직여 일부러 학생들의 공포를 부추기는 것으로 보였다. 전혀 공격을 안 하는 건 아니지만, 아무리 봐도 봐주는 것 같았다.

그러는 사이에 학생들이 도망치기 시작했다. 전선은 붕괴됐고, 완전히 공황상태에 빠졌다. 다른 사람을 신경 쓸 여유는 없었다. 학생 대부분이 자기만 생각하며 발을 움직였다. 소머리 거인이 그 뒤를 느긋하게 쫓았다. 어쩌면 그들이 죽을지도 모른단 생각에 약간 얼굴을 찌푸렸으나 그럼에도 리오는 그 자리에 계속 머물렀다.

플로라는 소머리 거인의 공격을 받고 기절한 남학생을 재빨리 숲 속 나무그늘로 끌고 가 안정을 위해 《힘》을 걸었다.

새파랬던 남학생의 안색이 상당히 회복됐고 곧 상태가 안정됐다.

만약 내버려뒀다면 장기에 입은 데미지로 죽었을 테지만,

지금은 편안한 숨소리를 내며 나무에 몸을 기댔다. 이대로 안정을 취하면 의식을 되찾을 것이었다.

다른 사람들은 뿔뿔이 도망쳤고 소머리 거인은 기분 나쁘게 웃으며 어디론가 가버렸다. 정신없던 소란도 더는 들리지 않았다.

울창한 수목이 늘어선 공간은 기분 나쁠 정도로 조용했다. 절박했던 상황이 일단락되자 이번에는 갑자기 불안이 밀려왔다.

걱정됐다. 뿔뿔이 흩어진 크리스티나 일행이. 잘 도망쳤을까.

그리고 플로라는 리오를 생각했다. 자신의 은인이며 벨트람 왕립학원에서 고립되고 멸시받던 소년을—.

플로라는 리오에게 양심의 가책과 죄책감을 품었다. 그리고 분명 자신을 미워할 거라 생각했다.

5년 전부터 지금에 이르기까지 플로라는 리오에게 어떤 은혜도 갚지 못했다.

리오는 옛날에 성에서 범죄자 취급을 받으며 많은 고통을 겪었다.

게다가 보답한다는 명목으로 벨트람 왕립학원에 편입시켰는데, 학원 학생들에게 신분 차이를 이유로 불필요한 경멸과 야유를 받았다.

리오는 항상 혼자였다. 플로라가 학원에 입학한 지 얼마 되지 않아 그것을 알았을 때는 충격적이었다.

몇 번이고, 몇 번이고 타인의 악의를 받고, 상처받았다. 하지만 그래도 리오는 타인을 상처 주려 하지 않고 똑바로 앞을 향해 나아갔다.

무척 강인한 사람이라고 생각했다. 남의 안색만 살피며 사는 자신과는 달랐다.

그래서일까. 정신을 차리고 보니 플로라는 리오를 동경하게 됐고, 학원에서 리오를 보면 눈으로 좇게 됐다.

학원 사람들은 리오를 바보 취급했지만, 자신만은 그의 좋은 점을 알았다. 최근에 대항시합을 본 같은 반 여학생이 리오를 멋있다고 하는 것을 듣고 약간 복잡한 마음이 들었지만, 조금 자랑스럽고 기뻤다.

그러나 리오의 표정은 항상 외로워 보였고, 그런 옆얼굴을 볼 때마다 플로라는 가슴이 조이는 것 같은 아픔에 시달렸다.

이야기하고 싶다. 말하고 싶은 것이 잔뜩 있다. 그리고 친구가 되고 싶다.

용기 내지 못하고 방관하는 자신은 그럴 자격이 없을지도 모르지만.

그렇게 생각하니 플로라의 가슴이 또 따끔하고 아팠다.

딱 한 번, 꽤 최근에 리오가 세리아와 사이좋게 대화하는 모습을 본 적 있다.

방과 후였다. 그때의 두 사람은 무척 친근하게 이야기를 나눴다. 평소의 리오가 절대 보여주지 않는 표정을 세리아에게만 보여주는 것이 무척 부러웠다.

그래서 접촉하지 말라는 언니의 말을 무시하고 오늘은 용기를 내서 리오에게 말을 걸어봤다. 무척 긴장돼서 가슴이 두근거렸지만, 리오처럼 강해지고 싶었기에, 용기를 내한 발이라도 앞으로 나아가고 싶었기에.

그 결과, 조금이나마 리오와 대화할 수 있었다. 플로라는 기뻐서 더 이야기하고 싶었다. 리오가 왕립학원 초등부에 있을 시간은 얼마 남지 않았지만, 앞으로는 용기를 내서 조금 더 적극적으로 나가자고 생각했다. 그런데—.

리오는 플로라를 구하고 절벽에서 떨어졌다. 자신은 은혜를 원수로 갚았는데도 구해줬다. 그런데 이제 두 번 다시 만날 수 없다니 싫었다.

그러니 신이시여, 부탁드립니다—. 플로라는 마음속으로 속삭였다.

'부디 그 사람이 무사하기를.'

그렇게 기도했을 때였다. 숲 어딘가에서 쿵 하고 땅을 차는 충격음이 울려 퍼졌다. 플로라의 몸이 움찔 떨렸다.

"마, 물……?"

이번에는 거대한 질량을 가진 무언가가 땅에 착지하는 꿍음이 들렸다. 그것은 요란한 괴성을 지르며 빠른 속도로 플로라가 있는 곳으로 다가왔다.

"도, 돌아온 거야? 아까 그 마물이……?"

플로라의 안색이 새파래졌다.

"도, 도망쳐야 해⋯⋯. 아, 안 돼, 하지만⋯⋯."

자기 곁에 기절한 남학생. 도망치고 싶다. 하지만 내버려둘 수 없다. 안고 도망가면 발각될 것이 분명했다.

어떻게 해야 할지 모르겠다. 무서워서 아무것도 생각할 수 없었다.

그러는 사이 그것이 바로 근처까지 다가왔다. 발걸음에 망설임이 없었다.

쿵, 쿵, 쿵. 일정한 리듬으로 망설임 없이 걸어왔다.

'왜, 왜 이쪽으로 오는 거야?'

두 손으로 입을 막고 비명을 눌러 삼켰다. 플로라는 떨면서 숨을 죽였다.

그것의 발걸음이 플로라가 숨은 나무 뒤에 멈췄다. 거친 콧소리가 들렸다.

"히익⋯⋯."

싫어. 죽고 싶지 않아. 무서워.

"아, 아으⋯⋯."

공포로 몸을 떨며 머리를 감쌌다. 악마 같은 소머리 괴물이 얼굴을 내밀었다. 플로라의 자그마한 몸을 잡으려고 왼손을 뻗었다.

이제 틀렸다. 플로라는 눈물이 가득 고인 두 눈을 감았다. 죽음의 가능성이 머리를 스쳤고, 몸이 움츠러들었다. 그러나 아무리 기다려도 자신을 붙잡아야 할 손이 오지 않았다. 그러기는커녕 "크아아악!" 하고 소머리 거인이 고통

스러워하는 소리가 들렸다.

플로라가 두려워하며 눈을 떴다. 소머리 거인의 왼팔이 가로로 잘린 광경이 눈에 비쳤다. 잘린 팔이 땅을 굴렀다.

"어······?"

플로라가 멍하니 입을 열었다. 바로 근처에 학원 교복을 입은 한 소년이 서 있었다. 검은 머리카락에 바스타드 소드를 든, 플로라가 잘 아는 소년— 리오다.

"크악!"

소머리 거인이 괴성을 지르며 도약했다.

리오와 거리를 두려고 공중에서 한 바퀴 회전하더니 땅울림과 함께 착지했다. 괴물은 격정이 담긴 눈으로 경계하는 것처럼 리오를 노려봤다.

"그 사람을 데리고 어서 도망치세요."

리오가 방심하지 않고 소머리 거인을 관찰하며 플로라에게 침착하게 말했다.

"어, 아, 그······."

플로라가 놀란 얼굴로 입을 뻐끔거렸다.

"어서!"

"네, 넷!"

리오가 조금 강한 어조로 말하자 플로라가 깜짝 놀라 대답했다. 플로라가 황급히 기절한 남학생을 어깨로 부축하는 것을 확인한 리오가 다시 입을 열었다.

"가세요!"

리오는 플로라가 움직이는 것과 동시에 적의 정면으로 뛰어들었다. 적이 응전하며 검을 휘둘렀다. 리오도 그에 맞춰 바스타드 소드를 두 손으로 휘둘렀다.

공중에서 서로의 검이 부딪치고 불꽃이 튀었다.

리오가 상대의 힘을 아래로 받아 흘리자 소머리 거인의 검이 땅에 처박혔다. 그 틈을 놓치지 않고 상대의 몸을 노려 검을 아래에서 위로 휘둘렀다.

적이 황급히 몸을 젖혀 공격을 피하려 했지만, 리오의 검이 그 몸을 잽싸게 베었다. 예상보다 상대의 피부가 두꺼워서 놀랐다. 하지만 베지 못하는 건 아니었다.

치명상에는 도달하지 못했으나 데미지를 주는 것은 가능했다.

"음, 음머어어어어어!"

소머리 거인이 분노의 괴성을 지르고 바위 검을 들어 옆으로 난잡하게 휘둘렀다.

리오는 가볍게 도약해 적의 검을 뛰어넘어 피했다. 공중에서 몸을 틀어 한 바퀴 회전해 착지한 뒤, 낮은 자세로 상대의 발을 노려 검을 휘둘렀다.

소머리 거인이 도약해서 피하고 낙하하는 힘을 이용해 수직으로 검을 내리쳤다. 리오는 맞으면 즉사할 만한 일격을 사이드 스텝으로 피했다.

그리고 둘의 시선이 교차한 순간, 눈으로도 좇기 어려운 참격이 난무했다. 서로의 검이 충돌하자 엄청난 충격과 열

풍이 일어나 주변 나무를 흔들었다.

쌍방의 검에 압도적인 질량 차이가 있는 탓에 제대로 부딪치면 리오의 검이 부러질 수 있었다. 그렇게 되지 않기 위해 리오에게 혹독한 받아넘기기 기술이 요구됐다.

그러나 리오의 검은 조금의 망설임도 없이 궤적을 그렸다. 긴 세월에 걸쳐 쌓아온 훈련이 육체를 정밀하게 움직이게 하는 건지 검이 부러질 기미는 없었다.

그래도 절대 여유롭지는 않았다. 한 대라도 맞으면 치명상을 피할 수 없는 농밀한 살의가 담긴 무수한 검격 앞에, 등에 끊임없이 기분 나쁜 한기가 느껴졌다.

필사적이었다. 죽고 싶지 않다. 리오는 오직 그 마음만으로 검을 휘둘렀다.

하지만 정말로 죽고 싶지 않았다면 소머리 악마에게 전투를 걸지 않고 도망쳤어야 했다. 죽을 생각은 추호도 없지만, 전투에 뛰어들었을 때 자신이 이 괴물을 쓰러뜨릴 수 있을지 없을지, 리오는 알지 못했으니까.

그런데 리오는 이렇게 적과 싸웠다. 정신 차리고 보니 승부에 뛰어들었다.

이유는 본인도 몰랐다.

굳이 말하자면 조금이라도 자신을 위해 움직여준 플로라만은 도와주고 싶다는 마음이 남아있었기 때문일까. 절벽에서 떨어질 뻔한 플로라를 구한 것과 비슷한 이유였다. 하지만 그것은 위선에 지나지 않았다.

감정에 휩쓸려 자신이 옳다고 생각하는 행동을 한다고 보답 받지는 않는다. 그것은 알고 있다. 리오는 실제로 그렇게 실패한 경험이 있었다.

하지만 그래도 감정에 따라 몸이 움직이고 말았다. 모처럼 누구에게도 알리지 않고 학원을 나갈 수 있었는데 스스로 그것을 걷어차 버렸다.

알려졌다면 어쩔 수 없다. 리오는 필사적으로 검을 휘둘렀다.

신체 강화로 감각이 예민해졌기 때문일까, 목숨을 건 합을 주고받으며 극한까지 집중했기 때문일까, 상대의 모든 움직임이 느리게 보였다.

신기하게도 질 것 같지는 않았다. 리오와 괴물은 짧은 시간 동안 폭풍 같은 공격에 응수했고, 팽팽하던 분위기가 무너지는 순간은 갑자기 찾아왔다.

리오는 필요 최소한의 동작으로 적의 검을 받아넘기며 이때다 싶은 타이밍에 회심의 일격을 먹이기 위해 기회를 노렸고, 찬스가 왔다.

"음머어!"

소머리 거인이 포효와 함께 검을 크게 휘둘렀다. 체격이 압도적으로 떨어지는 상대에게 아직도 이기지 못하자 초조했는지 움직임이 많이 허술해졌다.

리오는 순간의 틈을 놓치지 않았다. 적이 검을 휘둘러 내리꽂는 것보다 빠르게 상대의 몸을 노리고 재빨리 검을 옆으로 휘둘렀다. 리오의 일격이 상대의 몸을 베었다.

훌륭한 클린 히트에 거인이 괴로워했다. 분노로 검을 휘둘렀으나 리오는 백스텝을 밟아 안전권으로 피했다.

그러나 절대 도망치지는 않았다. 리오가 정말로 노린 것은 전력의 일격을 먹이기 위한 타이밍을 재는 것이었다. 리오는 두 손으로 검을 쥐고 세차게 땅을 박찼다.

"으아아아아아!"

함성을 지르며 회심의 일격을 먹였다. 소머리 거인도 고통 속에 검을 휘둘렀으나 공격은 빗나갔다. 리오는 적의 몸을 발판 삼아 단번에 뛰어올라 있는 힘껏 목을 날려버렸다.

잘린 목이 허공에 춤췄다. 머리를 잃은 거구가 비틀거리다 땅에 무릎을 꿇었다. 사납게 번뜩이던 심홍색 눈에서 빛이 사라졌다.

잠시 후, 소머리 거인의 몸이 탁 소리를 내고 급속히 무너지기 시작했다.

순식간에 가루가 되어 흔적도 없이 사라졌다.

남은 것은 푸른색 큰 돌뿐— 마석이다. 게다가 상당히 컸다. 고블린과 오크가 남긴 것과는 비교할 수 없었다. 리오는 땅에 떨어진 마석을 주웠다.

"역시 마물이었나……."

리오가 거대한 마석을 물끄러미 보며 중얼거렸다.

마석은 죽은 마물이 남기는 유일한 물건이다. 즉 절명한 생명체가 마석을 남긴다는 것은 그것이 마물이었다는 증거였다.

하지만 이런 흉포한 마물이 이 근처를 배회하는 일은 거의 없었다. 있었다면 이런 곳에서 연습할 리 없었다. 그런 마물이 왜 숲 속에 나타난 것일까. 어디에서 이동해온 걸까. 리오가 의문을 품었을 때—.

"플로라 님!"

정숙한 숲 속에 멀리서 플로라의 이름을 부르는 큰 목소리가 울려 퍼졌다. 플로라를 찾으러 온 사람들의 목소리 같았다.

리오는 시선을 돌려 나무로 가로막힌 숲을 둘러봤다. 간신히 확인할 수 있는 위치에서 꾸물거리는 그림자를 발견했다. 플로라. 리오가 걱정돼 떨어진 곳에서 전투상황을 지켜보고 있던 모양이었다. 하지만 더는 귀찮은 일에 휘말리고 싶지 않았다. 리오는 당장 그 자리를 떠났다.

검은 로브를 입은 레이스가 높은 상공에 둥둥 떠 허공을 맴돌았다. 그 시선은 인간의 한계를 넘는 속도로 달리는 리오를 향했다.

"가버렸군요. 이야, 예상보다 재미있는 걸 봤어요. 일부러 강화한 미노타우로스를 내보낸 보람이 있었네요."

키득키득, 키득키득. 레이스의 입가에 참을 수 없는 미소가 흘렀다.

"저 검은 머리카락을 보면 야구모 지방에서 흘러온 이민자의 자손일까요. 그럼 정령술을 쓸 수 있는 것도 이해가 됩니다만, 장래가 걱정되는 아이군요."

남자는 리오에 대해 고찰했다.

정령술— 그것은 슈트랄 지방에 전혀 보급되지 않은, 마술이 아닌 비술이다.

옛 문헌을 뒤지면 약간의 기록을 찾을 수는 있지만, 상세히 알 수는 없었다. 기껏해야 알아낼 수 있는 건 마력을 이용해 초상현상을 일으키는 점이 마술과의 공통점이라는 것, 주문 영창이 필요하지 않다는 것, 인간족이 아인(亞人)이라 부르며 업신여기는 엘프, 드워프, 수인들이 사용하는 기술이라는 것 정도일까.

하지만 어떻게 된 일인지 레이스는 정령술에 관해 보통이라면 알 수 없는 식견을 가졌다.

그래서 이 슈트랄 지방에 사는 인간족인 리오가 저 나이에 저 정도의 정령술을 구사하는 것이 얼마나 이상한 일인지도 이해했다.

"이만큼 접근했는데도 정령 특유의 파동이 느껴지지 않는 걸 보면 정령과 계약을 한 것 같지는 않군요. 뭐, 기억만 하고 그냥 둡시다. 그분의 취향이기도 하고요. 저도 본래 업무로 돌아가죠."

남자는 어딘가로 날아가 사라졌다.

정령환상기

【 제 7 장 】 ❈ 거짓 진실

연습이 있었던 날 저녁 무렵, 세리아는 벨트람 왕립학원 교사 안을 걷고 있었다.

"정말, 사람을 막 써먹는다니까! 조사 정도는 자기가 하라고. 아무리 내가 강사 중에 제일 어리다지만 누구 비서도 아니고. 게다가 신마전쟁기의 마물이라서 찾는 데 시간도 걸린단 말이야."

세리아가 불만을 구시렁대며 향한 곳은 학원장실이었다. 분노의 원인은 도서관에서 연구 조사를 하던 중, 상사에게 어느 마물의 조사를 명령받았기 때문이다.

"게다가 학원장실로 오라니……. 묘하게 초조해 보였는데, 무슨 일 있나?"

조사한 마물이 나타난 것은 아닐까 하는 생각이 순간 들었지만, 금방 그럴 리 없다고 생각을 고쳤다.

세리아가 조사한 마물은 『미노타우로스』라는 소머리를 가진 인간형 마물로, 천 년 전에 일어난 신마전쟁이라 불리는 대전에서 활약했다는 존재다.

신마전쟁이란 육현신이 이끄는 인간족과 마왕이 이끄는 마족 사이에 벌어진 전쟁인데, 신마전쟁 종결을 기회삼아 미노타우로스의 개체 수를 단번에 줄였다고 한다.

북쪽과 서쪽 나라에는 현재도 극히 드물게 존재가 확인

된다는데, 여기 벨트람 왕국에는 요 몇백 년 정도는 목격된 사례가 없었다.

세리아가 이것저것 생각하는 사이 학원장실에 도착했다. 방 앞에서 걸음을 멈췄다. 문이 살짝 열려있었다.

학원장인 가르시아 폰테인과 세리아에게 조사를 명한 연배 있는 강사의 목소리가 들렸다. 들어가도 될까, 세리아가 안을 살폈다.

"하지만 제2왕녀 전하께서 절벽에서 떨어질 뻔하신 것은 좋지 않은걸. 처벌이 필요한 사례라고 생각해도 되겠니?"

가르시아가 내키지 않아 하며 물었다.

심상치 않은 대화 내용에 세리아의 몸이 굳었다.

"그렇게 해야 한다고 생각합니다. 다만, 사실관계에 관해 다툼이 있었습니다. 전하께 직접 부딪친 것은 유그노 공작의 자식임이 틀림없습니다만……."

"그 말은?"

"학생의 반 이상이 리오라는 학생이 유그노 공작의 자식을 떠민 것이 발단이었다고 증언했습니다. 한편 당사자인 제2왕녀 전하께서는 그럴 리 없다고 주장하셔서……."

뭐? 리오가? 무슨 말이지? —예상치 못한 이름이 나와 세리아가 숨을 삼켰다.

"어째서?"

"절벽에서 떨어지던 제2왕녀 전하를 구한 것이 리오라는 학생이었기 때문입니다. 대신 그가 절벽에서 떨어진 것 같습니다."

절벽에서 떨어졌다고? 리오는 살아 있는 거야? ―세리아의 등에 한기가 달렸다.

"그럼 그 리오라는 녀석은?"

"행방불명입니다. 절벽에서 떨어진 후, 정체불명의 마물의 습격을 받아 고립된 제2왕녀 전하의 앞에 나타났다고 합니다만, 마물을 쓰러뜨리고 바로 모습을 감췄다고 합니다."

다행이다. 살아있어. ―행방불명이라는 게 마음에 걸렸지만, 세리아는 안도했다.

"그렇다는 건 그 녀석에게 제2왕녀 전하를 해할 의도는 없었던 것 같은데, 유그노 공작의 아들을 떠민 동기는 아는가?"

"학생들의 말에 의하면 마물 무리에 습격당해 공황상태에 빠졌다고 합니다."

리오가 마물에게 습격당한 정도로 공황상태에? ―세리아는 묘한 위화감을 느꼈다.

"그렇군……. 그럼 학생들 반수의 증언을 뒤엎는 증언은 있나?"

"아뇨, 제2왕녀 전하를 포함해 그 장면을 목격한 학생은 없었습니다."

"흐으음……."

"모습을 숨긴 것은 떳떳하지 못하다는 증거겠죠. 본인이 하지 않았다면 해명하러 올 겁니다."

고민에 잠긴 가르시아에게 연배 있는 남자 강사가 뻔뻔하게 말했다.

"결백을 완벽하게 증명할 수 있다면, 말이지."

가르시아가 속삭였다.

"네?"

"아니, 아무것도 아니네."

"네……. 그럼 왕성에 제출할 보고서는 어떻게 할까요? 유그노 공작가에서 강한 압력이 들어와서 서둘러 작성해야 합니다."

"음. 지금 유그노 공작이 실각당하는 것은 폐하께서도 바라지 않으실 걸세. 상황에 맞춰 인신 공양하는 게지. 쓸데없이 일을 크게 만드는 건 좋지 않아."

"그럼 왕궁에 제출할 보고서에는 리오라는 학생에게 문제가 있었다고 작성해도 된다는 말씀이시죠?"

뭐야, 그게. 리오에게 변명할 기회조차 주지 않겠다는 거야? —세리아는 리오를 업신여기는 대화 내용에 강한 분노를 느꼈다.

"그렇지. 대다수의 증언도 얻었으니. 왕궁 쪽은 유그노 공작이 알아서 잘 처리할 걸세. 적어도 그 정도는 해줘야지."

솔직히 가르시아는 사실이 어떻든 아무래도 좋았다. 그에게는 제일 일이 커지지 않을 적당한 시나리오가 사실인 것이다.

"그럼 왕궁에 보고할 자료는 그렇게 전하겠습니다."

"음, 부탁하네. 보고서는 내가 폐하께 직접 드려 판단을 부탁드리지. 그 사이에 녀석이 학원에 나타나면 신병을 구속하라고 강사에게 통지하게."

"알겠습니다."

두 사람의 사무적인 대화를 엿들은 세리아는 불안해서 몸을 떨었다.

아, 어떡하지, 어떡하지? —이대로라면 리오가 위험해.

세리아는 리오를 믿었다. 지금 이야기만으로는 자세한 경위를 알 수 없지만, 리오가 공포 때문에 이성을 잃고 스튜어드를 떠밀다니 상상할 수 없었다. ……그 반대라면 있을 수 있지만.

리오가 모습을 감춘 것은 자신에게 온갖 혐의가 씌워질 것을 알았기 때문이 아닐까.

말로는 쉽지만, 하지 않았다는 것을 입증하라니 악마의 증명이다. 누명을 쓰고, 누명을 밝히기 위해 헛된 노력을 해야 한다면 처음부터 도망치는 게 나았다. 세리아는 골똘히 생각하다 심호흡하고 마음을 진정시킨 뒤, 문을 두드렸다.

그날 밤, 리오는 왕도로 돌아와 왕립학원 부지 안에 있는 기숙사 개인실에 잠입했다.

밤이면 성문이 닫혀있어서 성벽 안으로 들어갈 수 없었다.

리오는 신체 강화로 몸의 한계를 넘은 육체와 신체능력을 강화해 성벽을 뛰어넘어 침입했다. 도시 안에만 들어가면 의심받을 일도 없었다. 외부 성벽 때와 같이 도시 내부 성벽을 뛰어올라 귀족 가로 잠입해 서둘러 학원으로 갔다.

밤의 학원은 학생 대부분이 귀가한 탓에 경비가 비교적 허술했다. 학원 안을 잘 아는 리오라면 순찰하는 경비병에게 들키지 않고 돌아다닐 수 있을 정도로 식은 죽 먹기였다.

리오는 문을 열고 익숙한 기숙사 개인실에 들어갔다. 원래 짐이 적은 방이지만, **아직** 방 안에 누군가가 들어온 흔적은 없었다. 그것을 확인하고 리오는 침대 아래에 숨겨둔 꾸러미를 꺼냈다. 안에는 5년 전에 플로라를 도왔을 때 받은 금화가 거의 그대로 있었다. 앞으로의 활동자금으로는 차고 넘치는 금액이었다.

이어서 리오는 서랍에서 옷을 꺼내 갈아입고 허리에 찬 벨트 백에 금화 주머니를 넣었다. 학원 교복은 전투복으로는 좋았지만, 너무 눈에 띄었다.

준비를 끝낸 리오는 방을 나갔다. 목적지는 학원 안에서 리오가 유일하게 신뢰할 수 있는 사람— 세리아가 있는 방이다.

'아직 있었으면 좋겠는데……'

세리아는 자기 연구실에 밤늦게까지 틀어박혀 있는 일이 많았다. 아직 귀가하지 않았길 바라며 리오는 익숙한 도서관 탑 지하통로를 걸었다.

이미 귀가한 강사가 많아서 통로는 평소보다 조용했다.

사람의 기척을 살피며 세리아의 연구실에 도착하니 문틈 사이로 아티팩트의 빛이 흘러나왔다. 아직 안에 세리아가 있는 것 같았다.

리오는 천천히 문에 노크했다.

"누구야, 이런 시간에……."

약간 기분 나쁜 표정으로 나온 세리아는 리오의 얼굴을 보고 놀라서 눈을 크게 떴다. 무심코 소리칠 뻔한 것을 리오가 얼른 손가락으로 막았다.

"쉿. 놀라게 해서 죄송해요. 잠깐 이야기하고 싶어서 왔어요."

리오가 작게 말했다.

"들어와."

자기도 모르게 얼굴을 붉힌 세리아는 복도를 휘휘 둘러보고 속삭이며 리오를 방으로 들였다.

두 사람이 실내로 들어가자 문이 달칵 닫히는 소리가 울렸다. 리오가 대체 무엇부터 설명해야 하나 고민하는 사이, 세리아가 리오를 세게 껴안았다.

"서, 선생님?"

옷 너머로 세리아의 체온이 느껴져서 리오가 당황한 목소리를 냈다. 두근, 세리아의 심장 박동이 전해졌다.

"다치진 않았지?"

잠시 후, 세리아가 리오의 몸을 만지작거렸다.

"간지러워요. 괜찮아요."

리오가 겸연쩍게 웃으며 말했다.

"다행이야……."

세리아는 두 눈 가득 눈물을 담고 안도의 미소를 지었다.

아아, 리오다. 무사했어. —기뻐서 참을 수가 없었다. 불안이 풀리자 가슴을 꽉 막은 것이 내려가는 것 같았다.

"혹시 연습 때 무슨 일이 있었는지, 들으셨나요?"

"응. 리오가 스튜어드 군을 떠밀어서 플로라 님이 위험에 빠지게 했다고 들었어. 그리고 리오가 미노타우로스를 혼자서 무찔렀다고……."

"후자는 그렇다 치고, 전자는 누명이에요."

리오가 어이없어하며 말했다.

"역시! 리오가 그런 짓 할 리가 없는걸."

"고맙습니다. 믿어주셨군요……."

"당연하지!"

세리아가 기운차게 단언했다.

"하지만 다른 사람들은 그렇지 않은걸요. 정말로 기뻐요."

리오가 멋쩍게 웃었다. 그러자 세리아는 한 번 더 리오를 끌어안았다.

"……괜찮아. 나는 믿으니까. 리오를 아니까."

이 학원에 아군은 없다. —리오는 그렇게 생각했을지도 모른다.

당신의 아군은 이곳에 있다고— 세리아는 리오에게 전

하고 싶었다.

"선생님……."

따뜻하다. 이렇게 이성의 체온을 느낀 게 얼마 만일까. 저항하기 어려운 편안함에 리오는 잠시 가만히 세리아에게 안겨있었다.

"리오. 무슨 일이 있었는지, 말해줄래? 솔직히 아직 뭐가 뭔지 도저히……."

드디어 세리아가 물었다.

"그렇군요. 연습 중에 일어난 일인데─ ."

"뭐야, 그게! 리오는 잘못한 게 하나도 없잖아!"

리오가 모든 이야기를 끝내자 세리아는 참을 수 없는 분노를 표출했다.

"무엇이 잘못인지 정하는 건 권력자예요."

리오는 마치 처음부터 포기한 것 같은 달관한 목소리로 말했다.

신분사회에 있어서 정의란 강자가 정하는 유동적인 가치관이다. 따라서 정의는 약자에게 좋은 결과를 주지 않는다. 정의는 강자를 위해 존재한다.

"그렇, 지만. 리오, 아무것도 잘못하지 않았는데 누명을 썼잖아!"

리오의 현실적인 말에 세리아가 비통하게 외쳤다.

"하지만 제가 진실을 말해도 이 나라의 권력자는 제 편을 들지 않고 오히려 추궁할 거예요. 이 건에는 유그노 공작가의 적자가 관여돼 있으니까요."

현시점에 벨트람 왕국 제일의 대 귀족은 유그노 공작이다. 그에 비해 리오는 신분도 뒷배도 없는 평민에 지나지 않았다.

이번 일의 진실이 밝혀지면 유그노 공작가는 정치적으로 적지 않은 데미지를 입게 된다. 여하튼 실수라고는 하나 적자가 왕족을 죽일 뻔했으니까.

그러나 벨트람 왕국의 현재 정치사정을 보면, 그것은 국왕을 포함한 왕후 귀족 주류층에게 상당히 달갑지 않은 사태였다.

그도 그럴 것이 현재, 5년 전 실각으로 세력을 잃은 아르보 공작이 감히 얕볼 수 없을 정도로 궁정 내 영향력을 되찾고 있었다.

최근에는 유그노 공작파와 아르보 공작파가, 어느 적대국과의 외교방침을 둘러싸고 수면 아래에서 불꽃을 튀겼다. 적대국의 이름은 프로키시아 제국—. 주변 소국을 여러 곳 침략해 벨트람 왕국과 긴장관계에 놓인 북방의 신흥국가다.

그런 프로키시아 제국에 대해 국왕과 유그노 공작파는 지금의 긴장관계를 유지하는 온건론을 주장하는 한편, 아르보 공작파는 군비를 확대하는 적극적 공세론을 주장했다.

지금은 아직 유그노 공작파가 큰 영향력을 갖고 있으나

지금 실각당하면 저울이 단번에 아르보 공작파로 기울 터였다. 그렇게 되면 언제 전쟁이 일어나도 이상하지 않았다. 그것은 국왕을 포함한 다수파 왕후 귀족이 원치 않는 전개였다.

그런 정치적 배경이 있는 현재, 주류파인 왕후 귀족들이 유그노 공작가의 실각을 바랄까? 의문에 이끌려 스튜어드의 어리석음을 백일하에 밝혀 쓸데없이 사태를 악화시킬까? 아니, 평민 하나에게 책임을 떠넘겨서 모든 것이 원만하게 해결된다면 싸게 먹히는 거라고 생각할 터였다. 조금만 냉정하게 생각하면 리오도 세리아도 간단하게 알 수 있었다.

"미안해. 내가 어떻게든 해줄 수 있으면 좋을 텐데……."

세리아는 입술을 깨물고 분을 참으며 사과했다.

세리아가 리오의 무죄를 주장하기에는 힘이 부족했다. 이상론에 빠져 분노해도 현실을 타개할 힘이 없으면 의미가 없다. 그것이 참을 수 없이 분했다.

"사과하지 마세요."

리오가 부드럽게 말했다.

"선생님 덕분이에요. 세리아 선생님이 계셔서, 저는 지금까지 비뚤어지지 않고 살 수 있었어요. 당신과 만나서 다행이에요. 진심으로 그렇게 생각합니다."

"리오……."

세리아가 슬픔으로 얼굴을 일그러뜨렸다. 다음에 이어

질 말을 알 것 같았다.

"그러니 선생님께만은 작별을 고하고 싶었어요. 저는 일
단 이 나라를 나갑니다."

잔혹하고 슬픈 이별의 말. 그것은 세리아도 예상한 말이
었다.

"······갈 곳은 있어?"

"전에도 말씀드린 것처럼, 부모님의 고향으로 갈 생각이
에요."

"리오 부모님의 고향이라니, 설마 야구모 지방으로 가려
고? 정말로? 괜찮겠어?"

"뭐, 어떻게든 될 거예요. 아마도."

세리아를 안심시키려는지 리오가 밝게 대답했다.

"······나도 같이 갈까? 돈은 있어?"

순간의 틈을 두고 세리아가 골몰한 얼굴로 말했다.

"선생님이 실종되면 더 큰 일이에요. 괜찮아요. 돈은 포
상으로 받은 것이 많이 남았거든요. 그렇지. 가는 길에 선
생님께 편지를 쓸게요. 당연히 가명으로 보내겠지만요."

"······꼭이야? 잊으면, 용서하지 않을 거야."

"네" 하고 리오는 웃으며 고개를 끄덕였다.

"그런데 무슨 이름으로 보내려고?"

"그렇군요. 그럼······ 하루토."

리오는 잠깐 망설인 뒤 가명을 가르쳐줬다. 그것은 리오
가 전생에 가진 이름이었다.

"하루토, 하루토라."

세리아가 그 이름을 읊조리며 머릿속에 새겼다.

"그럼 슬슬 갈게요."

리오는 미련을 잘라버리듯이 말하고 세리아의 몸을 부드럽게 밀었다.

"아……."

리오의 체온이 멀어지자 세리아가 쉰 목소리를 냈다.

"또, 만날 수 있는 거지?"

그러나 세리아는 곧 있는 힘껏 미소 지으며 떨리는 목소리로 물었다.

"……네, 반드시 또 만날 거예요."

리오는 잠시 생각에 잠겼다가 고개를 끄덕이고 부드러운 미소를 지었다.

"그럼 건강하고, 무사히 돌아와야 해. ……다녀와."

세리아는 가슴속에 소용돌이치는 불안을 억누르며 애달픈 미소를 지었다.

"네."

리오는 천천히 등을 돌렸다. 한 발, 두 발, 세리아에게서 멀어졌다.

그 뒷모습을 보는 세리아의 가슴이 터질 것 같았다. 조금만 마음을 풀면 울며 리오의 등을 붙들 것 같았다.

안 된다. 지금 울어선 안 된다. 리오의 미련을 붙잡지 않도록, 의연히 배웅해야 한다고, 세리아는 입술을 깨물었다.

리오는 아무 말 없이, 묵묵히 방에서 모습을 감췄다.

달칵, 조용히 문이 닫혔다.

그 순간, 세리아의 두 눈에서 눈물이 넘쳐흘렀다.

이제 와서 생각해보면 둘이 함께 함으로써 도움받은 것은 세리아였다.

어릴 때부터 누구보다 앞으로, 앞으로 나아가기만 해 주위로부터 질투 받는 일이 많았고 가까이에 친밀한 친구가 없었던 세리아에게, 타산 없이 대화할 수 있는 상대는 신선하고 귀중했다.

매일 같이 리오와 함께하는 시간이 즐거웠고, 언제인가 리오에게 친구라는 말을 들었을 때는 기쁜 마음을 참을 수 없었다.

"미안해, 리오. 나, 아무것도 못 해서……."

세리아의 방에 한동안 훌쩍이는 소리가 맴돌았다.

"실례합니다."

플로라가 아버지 필립 3세의 집무실을 방문했다. 허가를 받고 안으로 들어가니 필립 3세뿐만 아니라 가르시아도 있어서 플로라가 눈을 크게 떴다.

이곳에 학원장인 가르시아가 있는 것은 오히려 좋은 기회였다. 플로라는 마음속으로 결의를 다지고 드레스 자락을 잡아 예를 갖췄다.

"플로라, 무슨 일이지?"

용건은 대충 알았지만, 필립 3세는 태연하게 물었다.

"연습 건 때문입니다. 아바마마께 말씀드리고 싶은 것이 있어서 왔습니다."

플로라가 결연한 표정으로 조금 딱딱하게 말했다. 지금 껏 본 적 없는 딸의 강한 일면을 엿본 필립 3세가 눈을 살짝 크게 떴다.

"……걱정 마라. 그 건에 관해서는 이미 가르시아에게 들었다."

"그럼 그 사람, 리오 님이 비난받을 일은 당연히 없겠지요?"

플로라가 자신이 바라는 결과를 직설적으로 물었다.

"미안하나 그럴 수는 없구나."

"……어째서입니까?"

필립 3세가 얼굴을 흐리며 고개 젓자 플로라가 따져 묻는 눈으로 바라봤다.

"그대의 증언을 결코 가벼이 여기는 게 아니다. 허나 그가 유그노 공작가의 적자를 떠미는 것을 목격한 학생이 다수 있는 것도 사실이다. 그 결과, 왕족인 그대를 위험에 처하게 했다. 처벌 이유로는 충분하다."

"하지만 그분은 저를 구해주셨어요! 그런 짓을 했을 리가 없습니다!"

"그럼 그 소년은 왜 모습을 감췄지? 그대를 여러 번 구해준 것에는 감사하고 있다. 허나 지금 그의 행동은 수상하게 여겨져도 어쩔 도리가 없다."

"그것은…… 모두가, 주위 사람들이 모두 그분을 괴롭혔기 때문입니다! 신용하지 않는 거예요, 우리를……."

"호호, 어리시군요."

플로라가 호소하자 가르시아가 유쾌하게 말했다.

"무슨 뜻입니까? 가르시아 학원장."

플로라가 울컥해서 입술을 내밀었다.

"이상과 현실이 반드시 일치하지는 않습니다. 공주님도 특권계급에서 태어나신 분이니 어서 그 점을 이해하셔야 합니다."

"……말 돌리지 마세요. 애초에 당신, 아바마마께 어떤 보고를 올린 거죠? 이해할 수 있게 설명해주세요."

플로라가 속지 않겠다는 듯이 힐문했다.

"이런, 이런. 저는 학생들의 증언을 정리했을 뿐입니다."

가르시아는 말과 달리 호호할아버지처럼 웃었다.

"가르시아, 내 귀여운 딸을 너무 괴롭히지 말게."

"호호, 송구하옵니다."

필립 3세가 못 박자 가르시아가 사과했다. "딸바보이십니다"라는 말은 생각만 하고 입에 담지 않았다.

"플로라. 처벌 이유가 있는 이상, 이번 건을 불문에 부치면 귀족들의 모범이 되지 못한다. 허나 그 소년이 그대를 위기에서 구한 것도 사실. 죄라고는 하나, 형 집행은 유예해도 된다고 생각한다. 그걸로 참아주지 않겠느냐?"

"너무 무르십니다."

가르시아가 중얼거렸다. 필립 3세가 가르시아를 노려봤다.

"형 집행을 유예해도 전과가 남잖아요……."

플로라가 토라진 목소리로 말했다.

즉, 그것은 결과적으로 리오를 악인 취급한다는 말이었다.

공적으로 유죄를 인정받고 전과가 남은 사람의 장래는 밝지 않다. 만약 앞으로 리오가 벤트람 왕국에서 살고자 한다면 입신출세의 길은 닫힌 것이나 다름없었다.

"흠, 허나……."

가르시아가 유쾌한 미소를 지으며 전혀 남의 일이라는 듯이 두 사람의 대화를 지켜봤다. 필립 3세가 가르시아에게 눈길로 도움을 요청했다.

"공주님, 진정하십시오. 폐하와 저는 어린아이의 억지에 맞춰줄 정도로 한가하지 않습니다."

가르시아가 이런, 이런, 하며 끼어들었다. 플로라가 울컥해서 입을 열었다.

"저는, 잘못을 저지르고 싶지 않은 것뿐입니다."

"그 때문에 어린아이라고 하는 겁니다. 감정과 행동을 분리하십시오. 왕족은 감정과 행동의 불일치를 일상적으로 경험합니다."

가르시아는 애초에 이런 정도의 일에 감정과 행동이 일

치하지 않는다고 해도 문제삼을 필요는 없다고 생각했지만, 입에 담지는 않았다.

입을 꾹 다문 플로라의 두 눈에 눈물이 고였다. 자기가 한 사람 몫도 못하는 어린애 취급을 받는 다는 것과, 무슨 말을 해도 상대해주지 않을 거라는 것이 아플 정도로 전해졌다. 분했다.

플로라는 여태까지 아버지와 언니의 말에 순순히 따라왔다. 그래서 잘못된 적도 없고 그러는 것이 옳다고 믿었으니까.

하지만 이번만은 도저히 그럴 수 없었다.

"이제, 됐어요."

생각하지도 않은 말을 중얼거렸다. 지금 자신의 말에 어떤 힘도 없다는 것을 이해하고 말았다. 자신의 힘으로는 아무것도 할 수 없다. 몸이 찢어질 것처럼 마음이 아팠다.

할 수 있는 것은 리오의 무사를 바라는 것뿐. 플로라는 자신의 무력함을 저주했다.

때는 신성력 996년— 리오가 이 세계에 다시 태어난 것을 자각하고 5년 이상의 세월이 흘렀다.

정령환상기

【 에필로그 】

장소를 바꿔 왕도 벨트란트 귀족 가. 유그노 공작저의 한 방에 현 당주 구스타브 유그노가 한 소녀를 내려다봤다.

소녀의 나이는 아직 열 살도 안 된 것 같았다. 페일오렌지색 머리카락을 어깨까지 길렀고 외모는 무척 귀여우나 생기가 느껴지지 않는 눈이었다.

소녀는 헐렁한 연갈색 로브를 걸쳤고 그 아래에는 움직이기는 쉬워 보이나 추울 것 같은 얇은 옷 한 장만 입었다.

그녀의 최대 특징은 다른 부위에 있었다. 그렇다. 소녀의 머리에는 자그마한 여우 귀가, 그리고 엉덩이에는 여우 꼬리가 나 있었다.

그 신체적 특징은 소녀가 여우 수인임을 뜻했다.

수인족— 엘프족, 드워프족과 함께 인간족에게 아인종이라 멸시받는 존재다.

아인종의 영토는 대륙 중앙부에 있어서 인간족이 사는 대륙 서부 슈트랄 지방에는 거의 존재하지 않았다. 애초에 아인은 인간족의 영역에 모습을 잘 드러내지 않았다.

그러나 극히 드물게 흥미본위로 인간족의 영토에 침입하는 아인이나 예부터 인간의 노예로 자란 아인도 있었다. 그런 아인들은 노예로 살 운명이었다.

그 중에도 수인족의 취급이 지독했다. 짐승과 인간이 반

씩 섞인 수인을 불경한 존재라 생각하며 내려다보는 사람이 많았다.

인간족 귀족들은 고상한 취미로 수인 노예를 기르기도 했다.

불결한 존재임에도 고귀한 자신이 길러주는 것으로 애완동물이라는 존재가치를 가진다고, 그들은 진심으로 그렇게 생각했다.

소녀의 어머니는 노예로 붙잡혀 소녀를 출산하고 몇 년 지나 쇠약사했다. 참고로 인간족과 수인족을 교배하면 부모 한쪽의 특징을 완전히 이어받은 아이가 태어나기 때문에, 소녀는 순수한 수인이었다.

소녀는 태어나면서부터 유그노 공작가에서 길러지며 자랐다. 따라서 최소한의 일상대화는 할 수 있었으나 제대로 된 교육은 받지 못했다. 배운 기능은 오직 하나뿐—.

"그것이 암살대상의 옷이다. 냄새를 기억해라."

유그노 공작이 여우 귀 소녀에게 옷 한 장을 집어 던졌다.

그렇다. 소녀는 암살자의 기술을 훈련받았다.

수인족은 인간족에 비해 신체능력이 굉장히 높다. 오감도 발달해서 예를 들어 여우 수인의 후각은 개만큼 좋았다. 가르치면 우수한 전투 인형이 된다.

"네."

소녀가 고개를 끄덕인 뒤, 옷가지에 코를 대고 냄새를 맡았다. 그리고 옷을 품에 넣었다.

"대상의 나이는 12세. 성별은 남자. 이름은 리오. 검은 머리카락을 가졌으니 쉽게 판별할 수 있을 거다. 맞찔러서라도 죽이고 와라. 그 때문에 너를 키워준 거니까. 그 목걸이가 있는 한 넌 도망칠 수 없어. 가라."

"알겠, 습니다."

유그노 공작의 명령에 여우 귀 소녀가 더듬더듬 말하고 고개를 끄덕였다. 절망으로 빛을 잃은 눈 대신 금속제 목걸이가 날카롭게 빛났다.

소녀는 후드를 뒤집어쓰고 방을 나가 그 발로 저택도 나왔다.

쿵쿵, 쿵쿵. 암살대상의 냄새를 찾으려는데 어찌된 일인지 소녀는 묘한 그리움을 느꼈다.

포근한 느낌. 옛날에 차가워졌을 가슴속이 조금 따뜻해진 것 같았다.

그러나 그 신기한 느낌도 곧 사라졌다.

소녀는 암살대상인 리오를 찾아 죽이기 위해 저택 밖으로 걸음을 옮겼다.

K 　　후기　　 ꓘ ✢

서적판(이 책) 독자 여러분, 처음 뵙겠습니다. 키타야마 유리라고 합니다.

Web판 독자 여러분, 매번 신세지고 있습니다. 키타야마 유리입니다.

어느 버전으로 보셨든 이번에 『정령환상기 1. 거짓된 왕국』을 사주셔서 진심으로 감사드립니다.

그럼 서적판과 Web판의 구분에 의문을 가지신 분도 계실 거라 생각되니 먼저 사정을 설명하겠습니다.

애초에 이 『정령환상기』라는 작품은 제가 소설 사이트 「소설가가 되자」에 현재진행형으로 투고하는 소설입니다.

그곳에서 많은 독자 분들께 사랑받은 덕분에 감사하게도 HJ문고에서 권유가 들어와 이렇게 서적판으로 출간하게 되었습니다.

그런고로 소지하신 PC나 스마트폰 등으로 「소설가가 되자」에 액세스하시면 Web판 『정령환상기』를 언제든 읽으실 수 있습니다.

그러나 「Web판을 읽으면 서적판은 기대할 필요도, 읽을 필요도 없다」는 것은 아니며 「서적판을 즐기기 위해 먼저 Web판을 읽는 게 낫다」는 것도 아닙니다.

서적판과 Web판 중 어느 것을 먼저 읽든 즐길 수 있도록 서적판『정령환상기』는 Web판『정령환상기』내용을 리메이크해 원고를 수정(이라기보다는 거의 새로 썼습니다)했습니다.(구체적으로는 토대가 되는 스토리 라인은 기본적으로 Web판 흐름을 답습하면서 다양한 장면을 추가하고, 연출 방법을 바꾸고, 히로인 등장을 늘리고, 일부 설정을 바꾸고, etc……).

그러니 서적판도 Web판도 즐겨주시면 기쁘겠습니다.

그리고 후기를 끝내기 전에 꼭 하고 싶은 것이 있습니다. 바로『정령환상기』와 관련된 모든 분께 진심으로 감사를 올리는 것입니다.

먼저 Web판, 서적판, 모든 독자 여러분. 이 작품을 애독해주셔서 정말 고맙습니다! 독자 여러분이 없는『정령환상기』는『정령환상기』가 아닙니다.

상세한 오탈자와 언어표현을 확인해주신 교열 담당자분들과 이 책을 점포 앞에 선전, 발매해주신 서점 관계자 여러분들께도 깊이 감사드립니다.

또 HJ문고 편집부 여러분, 하비재팬 관계자 여러분,『정령환상기』출판을 위해 노력해 주셔서 진심으로 감사드립니다!

특히 담당 편집자인 N씨께는 마음으로부터 감사를! 첫 미팅 때 긴장해서 아무것도 모르는 신입 작가에게 이것저

것 다정히 지도해주시고 작품을 위해 뒤에서 이것저것 도와주시고, 정말로 신세졌습니다. 앞으로도 신세지겠습니다!

그리고 담당 일러스트레이터 Riv님. 『정령환상기』를 멋진 일러스트들로 최고로 수려하게 꾸며주셔서 정말 감사합니다. 작가인 저도 미처 신경 쓰지 못한 세세한 부분(특히 배경과 옷)까지 신경써주신 높은 퀄리티, 그리고 표정이 풍부한 히로인들의 사랑스러움에 매일 히죽거리고 있습니다. 마음으로부터 감사를!

그럼 이쯤에서 접겠습니다. 여러분과 앞으로 오래도록 함께할 수 있으면 좋겠습니다. 2권 발매도 결정되었으니 바라건대 2권에서 만나요!

2015년 8월 모일 키타야마 유리

SEIREI GENSOUKI Vol.1

©Yuri Kitayama
Originally published in Japan in 2015 by HOBBY JAPAN CO., Ltd.
Korean translation rights ©2021 by Somy Media, Inc.

정령환상기 —거짓된 왕국—

2021년 10월 30일 1판 2쇄 발행

저   자 키타야마 유리
일러스트 Riv
옮 긴 이 이은혜
발 행 인 유재옥
본 부 장 조병권
담당편집 정영길
편 집 1 팀 이준환 박소연
편 집 2 팀 정영길 김민지 조찬희
편 집 3 팀 오준영 곽혜민 이해빈
디 자 인 김보라 서정원
라이츠담당 한주원 이다정
디 지 털 박상섭 이성호 최서윤
발 행 처 ㈜소미미디어
제 작 처 코리아피앤피
등   록 제2015-000008호
주   소 서울시 마포구 토정로 222, 403호 (신수동, 한국출판콘텐츠센터)
판   매 ㈜소미미디어
마 케 팅 한민지 최정연
물   류 허석용
전   화 편집부 (070)4164-3962, 3963 기획실 (02)567-3388
              판매 및 마케팅 (070)4165-6888 Fax (02)322-7665

ISBN 979-11-6611-647-6 (04830)
ISBN 979-11-6611-646-9 (세트)